하북팽가 검술천재 29

2024년 5월 21일 초판 1쇄 인쇄
2024년 5월 24일 초판 1쇄 발행

지은이 이도훈
발행인 김관영

기획 박경무 강민구 임동관 조익현 최시준 신정윤
책임편집 주현진
마케팅지원 유형일 장민정

발행처 (주)로크미디어
출판등록 2003년 3월 24일
주소 서울시 마포구 마포대로 45 일진빌딩 6층
Tel (02)3273-5135 **Fax** (02)3273-5134
홈페이지 rokmedia.com **E-mail** rokmedia@empas.com

ⓒ 이도훈, 2022

값 9,000원

ISBN 979-11-408-2509-7 (29권)
ISBN 979-11-354-7650-1 04810 (세트)

이도훈 신무협 장편소설

29

하북팽가
검술천재

차
례

공방

백이 펼친 이번 한 수는 백경의 무공이 아니었다.

슝.

천천히 한빈을 향하는 백의 검은 태산과도 같았다.

오죽하면 이것을 지켜보던 무당의 도인들이 뒤로 한 발 물러났을까.

그들은 이제야 그가 태극검제가 아니라는 것을 깨달았다.

하지만 할 수 있는 것은 아무것도 없었다.

모두의 시선에도 태극검제로 변장한 백의 눈빛은 그 어느 때보다 평온했다.

그가 펼치는 일검은 백이 태어나면서부터 익힌 검술 중 하나였다.

오직 상대의 목숨을 노리는 검로.

마치 이번 한 수로 한빈의 목을 끊어 내고 싶다는 듯 시원하게 뻗었다.

사실 그가 끊어 내고 싶은 것은 한빈의 목숨이 아니라 과거였다.

방금의 대화 중 백의 평정심을 흔들었던 것은 흑이라는 단어 한 가지였다.

백은 검은색을 극도로 싫어한다.

검은색을 보면 그 자리에서 처리했을 정도.

사실 달이 없는 그믐밤도 없애고 싶었다.

하지만 그것은 신선도 할 수 없는 일이었다.

그가 생각하기에 검은색은 희망 한 점 없는 세상을 뜻한다.

검은색은 절망이요.

지우고 싶은 과거였다.

그래서 갑판 위의 그을음에 분노한 것이고 말이다.

그 이유는 간단했다.

백은 백경에 입문하기 전까지는 검은 옷만 입었다.

아마도 그가 태어나기 이전부터였을 것이다.

백의 어미는 자객의 신분으로 임신을 했었다.

덕분에 백은 자객 집단에서 자라났었다.

항상 검은 옷을 입었으며 밤에만 활동했다.

그는 밤에만 자유를 허락받았다.

그것도 살인할 방법을 선택하는 제한된 자유였다.

첫 번째 살인이 언제인지 그는 기억하지 못한다.

그의 어미가 죽던 날도 언제인지 정확히는 기억하지 못한다.

모든 것이 오래전의 기억일 뿐이니 말이다.

하지만 검은색에 대한 증오는 몸이 기억하고 있었다.

검은색은 추억이 아닌 상처.

상처를 봉합할 수 있는 유일한 방법은 끊어 내는 것뿐이었다.

서걱.

백의 검이 붉은색 무복을 베어 내었다.

순간 백의 눈이 커졌다.

백은 지금의 촉감이 부족함을 알고 있었다.

살과 뼈를 벤 감각이 아니었다.

백은 눈을 가늘게 뜨고 허물어져 가는 붉은 무복을 확인했다.

스르륵.

껍데기만 벤 것이 확실했다.

그 말은 지금의 상황이 적이 의도한 함정이라는 뜻이었다.

백은 재빨리 백경의 무공 중 하나인 선검만향(仙劍滿香)을 펼쳤다.

파닥.

그의 검 끝에서 수십 개의 강기가 뻗어 나간다.

일직선이 아닌 향기가 퍼지듯 흐물흐물 곡선을 그렸다. 이것은 말하자면 검사(劍絲), 즉 실에 가까웠다.

선검만향은 말 그대로 검기를 향기처럼 뻗어 내는 수법이었다.

중원의 무공과는 궤를 달리하는 백경의 무공.

자신의 모든 진기를 이용해서 사방에 검향을 흘려보내는 무공이었다.

선검의 향기가 주변으로 흘러 들어갔다.

일반인에게는 죽음의 향기.

순간 백은 옆구리가 뜨끔한 것을 느꼈다.

기척도 없이 검 하나가 날아왔던 것.

모든 공간으로 선검의 기운을 뻗어 냈는데 갑자기 날아온 검이라니.

백은 당황한 표정으로 상대의 간격에서 재빨리 벗어났다.

주위를 살피던 백의 눈이 커졌다.

붉은 무복의 사내는 교묘하게 만향의 기운을 벗어나 있었다.

한빈은 동서남북 어떤 방향도 아닌 곳에 있었다.

황당하게도 한빈은 태연하게 바닥에 누워 검을 들고 있었다.

바닥에 누워 있던 한빈이 아무렇지 않게 일어났다.

그러고는 월아를 한 번 털었다.

휙.

검 끝에서 핏방울이 사방으로 흩어졌다.

백이 처음으로 피해를 본 것이다.

그에 비교해 한빈의 무복은 넝마가 되어 있었다.

만향의 기운을 피하긴 피했어도 모두를 피할 수는 없었다.

마치 향기처럼 주변으로 흩어진 검향의 일부에 적중당한 것이다.

일부라고는 하지만, 한빈의 무복을 넝마로 만들기에는 충분했다.

한빈이 이렇게 누워 있을 수 있던 것은 바로 용린검법 중 금선탈각의 효용 때문이었다.

붉은색 상의만 남긴 채 한빈은 바로 빠져나간 상태였다.

상대가 예측할 수 있는 뒤쪽이 아닌 바닥으로 말이다.

백이 틈을 보일 때를 기다리며 순간적으로 기척을 숨기고 있었다.

그 의도는 완벽하게 적중했다.

선검만향을 펼치는 그 순간 백을 둘러싸고 있던 호신강기가 틈을 보였으니 말이다.

누가 봐도 한빈은 백의 상태보다 위중해 보였다.

하지만 그 어느 때보다 웃고 있었다.

바로 백에게서 처음으로 천급 구결을 얻어 냈기 때문이다.

[용안으로 구결을 확인합니다.]

기대했던 글귀에 한빈은 눈을 크게 떴다.
다음 글귀를 본 순간 한빈은 뒤쪽으로 주르르 물러났다.
마치 뱀을 보고 놀란 듯한 표정이었다.

[천급 구결 발(拔)을 획득하셨습니다.]
[천급 초식 발본색원을 획득하셨습니다.]
[발본색원(拔本塞源) - 용린검법의 추적술 중 하나입니다. 사건의 원
인 혹은 원하는 인물을 정확히 추적할 수 있습니다. 용린을 따라가십시
오. 그렇다면 목표에 도달할 수 있습니다. 필요 구결 지(智) 오십. 열두 시
진마다 사용할 수 있습니다.]

결국은 백의 도움으로 초식 하나가 완성되었다.

[천급 - 진(盡), 감(甘), 고(苦)]
[알 수 없는 구결 : 오(五)]

남아 있는 여분의 천급 구결은 세 개.
중요한 것은 이번에 획득한 초식인 발본색원의 효용이었다.

용린검법의 설명대로라면 태극검제를 찾을 수 있다는 뜻이다.

그렇다면?

명분 싸움은 끝났다고 봐야 했다.

한빈은 백을 바라봤다.

이제는 본격적으로 백에게 열중할 수 있을 것 같았다.

사실 한빈의 최종 목적은 백을 죽이는 것이 아니었다.

백을 사로잡아 그의 의도를 파헤치는 것이었다.

한빈은 백경의 비밀까지 속속히 알아내야 이번 사건이 마무리된다고 생각했다.

한빈은 전광석화와 구걸십팔보를 펼치며 백을 향해 다가갔다.

파박.

도중에 일촉즉발의 수법으로 쏜살처럼 날았다.

슝!

호신강기를 넓게 펼친 백은 한빈의 수법을 바로 감지했다.

희미하게 피어나는 백의 미소.

백은 바로 검을 앞으로 뻗었다.

그의 발아래에서 무지막지한 기세가 뿜어져 나왔다.

팡!

기파가 사방으로 퍼져 나가는 동시에 그의 신형이 한빈을 향해 날아왔다.

마치 한빈의 일촉즉발과 같은 모양새였다.

같은 시각, 태극전의 회의실.

팽혁빈은 모두의 시선을 한몸에 받고 있었다.

철혈검가를 위씨검가를 대신해서 십대세가로 받는다?

간단한 문제 같아도 무림의 백 년에 영향을 미칠 중대한 결정이었다.

그런데 모두는 자신에게 결정하라고 했다.

이 말은 아우인 한빈의 결정에 따르겠다는 말이었다.

팽혁빈의 고민은 여기에서 시작되었다.

한빈이라면 과연 어떤 결정을 했을까?

미간을 잔뜩 좁힌 팽혁빈이 찻잔을 잡았다.

그의 움직임에 황보만청이 물었다.

"어째, 생각은 해 보았는가?"

"잠시만 시간을 주시죠."

팽혁빈은 손을 내저었다.

차를 한 모금 들이켠 팽혁빈은 아무렇지 않게 웃었다.

천리 표국과 하북팽가의 관계.

그리고 이무명과 한빈의 관계를 본다면 철혈검가를 받아들이는 것이 맞았다.

하지만 강호란 세계는 그리 단순하지 않았다.

사실 단순하지 않다는 것은 모두 아우 덕분에 깨달을 수 있었다.

아우가 아니라면 강호에 이렇게 계책들이 판을 치는지 팽혁빈도 몰랐을 것이다.

팽혁빈은 요즘 들어서 자신이 너무 정직하게 산 것은 아닌가 하는 회의감마저 들었다.

그 정도로 강호라는 세계는 수면 아래 움직임과 수면 위의 움직임이 달랐다.

그래서 결정을 하지 못하고 있는 것이다.

결국 팽혁빈은 간단히 결정을 내렸다.

그는 한빈이 올 동안 시간을 벌기로 작정했다.

고개를 들어 보니 천리 표국의 낭인왕 이세명은 조금 섭섭해하는 눈치였다.

아니, 팽혁빈이 그렇게 느끼고 있기 때문일 수도 있었다.

톡톡.

잔을 만지는 그의 손에는 살짝 땀이 배어 있었다.

차라리 거하게 비무를 한판 벌이라면 목숨을 걸고 칼을 휘두를 수 있겠지만, 이런 정치적 결정을 해야 하는 자리는 그에게 맞지 않았다.

순간, 팽혁빈은 자신이 앞으로 가주 역할을 잘해 나갈 수 있을지 의심이 들었다.

그때였다.

태극전에 종소리가 울렸다.

땡땡.

조금은 급박한 종소리였다.

이 신호는 경내의 모든 무인을 소집하는 소리였다.

모두가 긴장한 표정으로 자리에서 일어났다.

하지만 팽혁빈만은 안도의 한숨을 내쉬고 있었다.

그때 팽혁빈의 옆으로 이무명이 다가왔다.

"대공자님, 그렇게 신경 쓰지 않으셔도 됩니다. 철혈검가는 이미 오래전 없어진 가문입니다. 형님이나 저나 그 가문에 대해서는 신경 쓰고 있지 않습니다. 그러니 편하게 결정하십시오."

"아, 알았네. 이 호위. 아니, 뭐라……."

"그냥 평소처럼 이 호위라 불러 주시면 됩니다."

이무명이 희미하게 미소를 지었다.

팽혁빈은 이무명과 함께 회의실을 나오려다가 멈칫했다.

갑자기 걸음을 멈추자 뒤따라 나온 이들이 고개를 갸우뚱했다.

그때 남궁장천이 물었다.

"왜 그러는가?"

"저곳에 가기 전에 결정을 해야 할 것 같아서 말입니다."

"무슨 결정을 말인가?"

"철혈검가를 십대세가의 일원으로 받아들이겠습니다."

"철혈검가를 십대세가로 받아들이겠다는 것이 최종 결정인가?"

"그렇습니다."

"결정을 못 하고 고민하더니……. 신기한 일이구먼."

"지금 결정을 못 하면 후회할 것 같다는 생각이 들었습니다."

"후회라……."

"어쨌든 저는 제 의견을 분명히 전했습니다."

팽혁빈의 얼굴에는 다시 화색이 돌았다.

모든 짐을 내려놓은 듯한 표정이었다.

그들은 잠시 남아서 팽혁빈의 결정을 정리했다.

별다른 것은 없었다.

이세명이 철혈검가를 부활시키는 즉시, 그들이 임시로 소유하고 있던 위씨세가의 이권을 넘기면 되었다.

모든 것은 구두로 진행되었다.

"남아일언 중천금."

이 한마디를 끝으로 상황은 정리되었다.

그들은 다 같이 회의실을 빠져나갔다.

밖으로 나온 팽혁빈은 사방을 살피기 시작했다.

태극전의 내부는 지금 소란스러웠다.

팽혁빈은 평소 눈에 익은 강북 무림세가의 자제에게 조심스럽게 물었다.

"소협, 대체 지금 무슨 일입니까?"

"정파에서 마교와 결탁한 무리가 있답니다."

"정파에서 마교와 결탁을요? 마교는 지금 봉문 중이 아닙니까?"

"지난번 잔혈마도의 등장으로 봉문은 깨졌다고 봐야 하지 않겠소?"

"그럼 마교와 결탁한 정파의 세력은 누구랍니까?"

"그건 아직 말하지 않았소. 그 발표를 준비하기 위해서 무당의 호법 장로가 나온다고 합니다."

"무당 호법 장로가요?"

"무당에서 밝혀낸 사실이라고 하니, 무당에서 발표하는 게 당연하지요."

팽혁빈은 눈을 가늘게 떴다.

상대는 당연하다는 듯 말하지만, 무당이 밝혀냈다는 것이 조금 이상했다.

무당은 대외 활동이 전혀 없는 문파 중 하나였다.

근 십 년간은 봉문하다시피 하고 무공에만 매달렸던 것이 바로 무당이었다.

그런데 마교와 결탁한 세력을 밝혀냈다니!

그때였다.

태극 무늬가 선명한 도복을 입은 염소수염의 도인이 단상으로 걸어 나왔다.

　그는 주변을 쓱 둘러보더니 입을 열었다.

　"우리 무당파는 강호 문파의 일원으로서…….."

　무당의 호법 장로는 쉬지 않고 말을 이어 나갔다.

　마치 의도적으로 서론을 길게 늘인 것도 같았다.

　그는 일각 정도가 끝났을 때야 본론을 이야기했다.

　"……같은 정파의 등 뒤에 비수를 꽂는 가문이 나왔다는 것은 정말 통탄할 일이오."

　그때 여기저기서 다시 소란이 일었다.

　"가문이라니? 그럼 문파가 아니라 무림세가 중 배신자가 있다는 것이오?"

　"증거는 있소?"

　"지금 구파일방이 무림세가를 짓누르고 다 해 먹겠다는 말씀인가요? 진인."

　여기저기서 이어지는 아우성.

　강호인들의 아우성에 호법 장로가 조용히 고개를 흔들었다.

　"내 말을 오해하고 계시구려. 우리 무당은 누군가를 모함하려 함이 아니오."

　그의 말에 십대세가 가주인 황보만청이 한 발 앞으로 나섰다.

"도인, 나는 황보만청이라는 이름 없는 무인이오. 궁금한 점이 있어서 이렇게 나섰소이다. 도인은 지금 가문이라고 표현했소. 그렇다면 마교와 내통한 자가 무림세가 중에 있다는 말 아니오?"

황보만청은 한마디 한마디에 내공을 실었다.

거기에 이름 없는 무인이라는 표현을 써서 무림세가가 아닌 한 명의 무인으로 질문한다는 것을 강조했다.

모든 이들은 고개를 끄덕였다.

황보만청의 질문에 동의한 것이다.

무당파의 호법 장로의 말에 모두 호기심을 느끼고 있었지만, 동의하는 자는 없었다.

구파일방 중의 대표들도 마찬가지였다.

화산파를 대표해서 온 매화검협 서재오 역시도 마찬가지였다.

그는 천하 십대세가를 잘 아는 구파일방의 무인 중 하나였다.

하북팽가의 사 공자 한빈과 천수장에서의 만남 이후로 천하 십대세가와 인연을 맺어 왔다.

처음에는 악연이라고 생각했다.

하지만 나중에 알고 보니 기연이었다. 그에게 매화검협이란 별호를 안겨다 준 것도 하북팽가의 사 공자이니 말이다.

그뿐이 아니었다.

그와 맺은 인연 덕분에 매화검수 중 다섯 손가락 안에 들게 되었다.

화산파를 대표하는 젊은 고수가 되었다는 말이었다.

뿌듯한 표정으로 자신의 소매에 새겨진 만개한 매화를 보던 서재오가 한 발 나섰다.

"저도 황보만청 가주의 말씀에 동의하는 바입니다."

내공이 실린 서재오의 말에 사람들의 시선이 쏠렸다.

무당파의 호법 장로는 눈을 살짝 치켜떴다.

복장을 보면 화산파가 맞지만, 처음 보는 얼굴.

이상한 것은 소매에 만개한 매화였다.

즉 매화검수 중에서 몇 손가락 안에 든다는 것이었다.

그런데 얼굴을 모른다?

호법 장로는 그의 신분이 의심스러웠다.

"신분을 밝히시오."

"저는 화산파의 제자 서재오라고 합니다."

서재오가 신분을 밝히자 여기저기서 소란이 일어났다.

"저자가 매화검협이라고?"

"허허, 저리 젊을 줄이야."

"저 나이에 화산의 차기 장문인으로 거론되다니……."

"부럽군. 우리는 저 나이에 뭐 했는지 모르겠어."

"나도 왕년에 강호를 씹어 먹고……."

"그런 큰일 날 소리 하지 말게."

"농담일세. 매화검협을 여기서 보다니, 역시 무당에 오길 잘했군."

여기저기서 흘러나오는 칭찬에 호법 장로는 눈을 가늘게 떴다.

매화검협이라는 별호는 들어 본 적이 있었다.

그런데 이렇게 강호인들의 뇌리에 박혀 있는 이름일 줄은 몰랐다.

눈을 가늘게 뜬 호법 장로가 말을 이었다.

"선행으로 명성이 자자한 매화검협 소협이셨군. 그런데 무슨 고견이 있기에 이리 나서신 것이오?"

"마교와 내통한 자가 있다는 것이 애초에 말이 되지 않습니다. 이번 영웅 대회의 취지가 무엇입니까? 일련의 강호의 사건에 대해서 머리를 맞대고 해결하자는 것이 아닙니까? 그 사건들이 마교에 의해서 일어난 사건입니까? 제가 알기로는 그 흑막이 밝혀진 바가 없습니다."

"흑막이 밝혀지지 않았다고 하셨소? 어찌 그리 생각하시오?"

"그 배후에 대해서는 개방도 정확히 알지 못합니다. 개방이 모르는데 누가 알 수 있다는 말씀입니까?"

서재오는 단언했다.

그럴 수 있는 까닭은 근 몇 개월을 그가 홍칠개와 동고동락했기 때문이다.

물론 동고동락이란 말에는 어폐가 있었다.

고생은 서재오만 했기 때문이다.

하지만 홍칠개와 함께 다니면서 개방의 은밀한 정보까지 모두 알 수 있었다.

물론 주변에서는 다시 소란이 일어났다.

매화검협과 개방의 관계가 돈독하다느니.

개방에서 매화검협을 화산의 차기 장문인으로 예상했다느니 하는 근거 없는 말들이 강호인들 사이에서 오갔다.

그 웅성거림에 호법 장로가 입꼬리를 올렸다.

"마교와 손을 잡은 것은 무림세가만이 아니오이다."

"그게 무슨 말씀이신가요? 도인."

"무림세가가 중심에 있을 뿐이지, 강호 각지에 간자(間者)가 있소이다."

말을 마친 호법 장로는 주위를 둘러봤다.

그는 문파와 무림세가 들의 대표를 한 번씩 살폈다.

그 모습에 황보만청이 다시 물었다.

"지금 정파를 분열시키려 하는 것이오?"

"분열이 아니라 정화겠지요."

호법 장로는 자신만만한 눈빛으로 수염을 쓸어내렸다.

그의 눈빛은 상당히 오만했다.

무당파의 도인에게서는 볼 수 없는 패도적인 눈빛이었다.

황보만청이 목소리에 힘을 주었다.

"정화라? 누가 무당에게 무림을 정화할 권리를 주었단 말이오?"

"무당은 권리가 있소."

"정파는 무당에게 독단적인 권리를 준 적은 없소이다."

황보만청이 뒤를 돌아봤다.

동시에 강호인들이 고개를 끄덕였다.

동의한다는 뜻이었다. 지금 호법 장로의 말은 누가 들어도 독선적이라고 할 수밖에 없었다.

그때 호법 장로가 목소리를 높였다.

"왜냐하면, 그들이 무당을 공격했기 때문이오."

"그게 무슨 말이오? 언제 무당이 공격받았단 말이오?"

황보만청이 눈을 크게 뜨자 호법 장로가 말을 이었다.

"우리 무당은 영웅 대회를 개최하면서 한 가지 계획을 세웠소."

"그게 무슨 계획이오?"

"강호에서 일어난 일련의 사건들에 대한 배후를 밝혀낼 계획이오."

"그 계획을 말해 보시오."

"지금 밝히겠소. 황보 가주가 강호에서 일어난 사건들의 배후라면 이 영웅 대회를 어떻게 하시겠소?"

"흠."

"내가 그 배후라면 이번 영웅 대회를 기회로 삼을 것이오.

모든 영웅이 모였으니 분란을 일으키기도 좋고 포섭하기도 좋을 테니 말이오."

"그게 무슨 말이오?"

"사건의 배후 세력은 이번 영웅 대회를 기회로 삼을 거란 말이오. 이를 위해서는 아마도 이번 대회를 주최한 무당에 손길을 뻗치는 게 순서가 아니겠소? 태극검제와 우리 무당의 장로들은 이렇게 생각했소. 동의하시오?"

"……."

황보만청은 조용히 서재오를 바라봤다.

서재오가 고개를 갸웃했다.

둘은 무당의 호법 장로가 무엇을 말하려는지 전혀 알 수 없었다.

강호인들도 호기심만 빛내며 마른침만 삼킬 뿐이었다.

그때 무당의 호법 장로가 말을 이었다.

"우리 무당은 영웅 대회를 선포한 후 은밀한 습격을 받았소."

"습격이라 했소?"

황보만청이 고개를 갸웃했다.

다른 강호인들도 마찬가지였다.

무당이 습격을 받았다면 그것은 일대 사건이었다.

이제는 모든 강호인이 한 발 앞으로 나왔다.

"대체 그게 무슨 말이오?"

"누가 무당을 공격했단 말이오?"

"지금 그게 사실입니까?"

모두가 웅성거리고 있을 때, 누군가 내공을 담아 소리쳤다.

"무당이 습격을 받았는데 이제야 밝히셨다는 겁니까?"

남궁세가의 가주인 남궁장천의 목소리였다.

남궁장천은 눈에 힘을 주고 호법 장로를 바라봤다.

그의 외침에 강호인 모두가 고개를 끄덕였다.

그도 그럴 것이, 무당이 습격을 받았다는 것은 강호의 위기를 뜻한다.

그런데 무당을 제외한 다른 무림인들은 그것을 모르고 있었다면?

무당은 의도적으로 강호인들을 위기 속으로 몰아넣은 것이나 마찬가지다.

모두의 외침에도 호법 장로의 표정에는 변화가 없었다.

가끔 짓는 미소가 얄미워 보일 정도였다.

호법 장로는 웅성거림이 잦아들 때까지 기다렸다가 말을 이었다.

"그게 바로 우리의 계획이었소. 우리는 우리를 습격한 자를 사로잡았소."

"그게 무슨 말이오?"

남궁장천이 묻자 호법 장로가 손뼉을 쳤다.

짝.

그 소리 한 번에 뒤쪽에서 무당파의 도인들이 몰려나왔다.

남궁장천은 고개를 갸우뚱했다.

지금 나온 무인들은 모두가 호법 장로와 항렬이 같은 현자 배의 도인들이었다.

그중 현담이나 현웅 등의 도인은 남궁장천과 친분이 있는 자들이었다.

그들이 호법 장로의 뒤로 쭉 늘어섰다.

그 모습에 남궁장천이 참지 못하고 물었다.

"저분들이 무당을 습격했다는 말이오?"

"습격한 것이 아니라, 습격을 당한 증인들이오."

"증인이라……."

"남궁 가주는 이번 사건을 일으킨 적들의 특징에 대해서 잘 알고 있지 않소?"

"그게 무슨 말이오?"

"정의맹의 조사록에 의하면 이번 사건을 일으킨 자들은 변장에 능통하다고 하오."

"그건 나도 알고 있소."

"적들은 우리 사형과 사제 들의 모습을 하고 습격을 해 왔소. 만약에 그냥 당했다면 아마도 이 자리에는 내 사형제들이 아닌 적들이 대신하고 있을 것이오."

"그럼 적은 어디 있소?"

"그게 핵심이오. 무당은 그 증거를 보여 주기 위해 여러분들을 이곳으로 모이라 한 것이오."

호법 장로의 눈이 순간 빛났다.

그는 태극 무늬가 선명한 검집을 들어 올렸다.

검집을 든 호법 장로가 어디론가 천천히 걸어갔다.

그가 걸어간 곳은 태극전의 뒤쪽이었다.

태극전의 뒤는 거대한 석판으로 장식되어 있었는데, 석판에는 거대한 태극 무늬가 음각되어 있었다.

강호인들은 난데없는 호법 장로의 행동에 서로를 바라봤다.

증거를 보여 준다면서 뒤쪽으로 가는 호법 장로의 모습이 아무리 생각해도 이해가 안 되었기 때문이다.

석판의 앞에서 잠시 걸음을 멈춘 호법 장로는 다시 뒤로 돌았다.

그러고는 의미심장한 눈빛으로 말을 이었다.

"모두 앞으로 모이시오. 이제부터 우리를 습격한 자들을 공개하리다."

그의 말에 강호인들은 너 나 할 것 없이 앞으로 몰려들었다.

그들은 눈도 깜빡이지 않고 호법 장로의 동작 하나하나를 주시했다.

호법 장로는 조용히 어딘가를 바라봤다.

서재오도 가장 앞쪽에 서서 호법 장로를 살폈다.

호법 장로의 행동은 뭔가 이상했다.

다른 강호인들은 못 느낄지 몰라도 서재오는 그의 행동에서 묘한 분위기를 느끼고 있었다.

그는 호법 장로의 모든 행동이 이중적이라고 느꼈다.

지금의 모습을 보면 마치 신호를 기다리고 있는 듯했다.

하지만 그는 한 번씩 뒤를 돌아보며 강호인에게 고뇌에 빠진 듯한 모습을 보여 주었다.

아마도 예전 같았으면 이상함을 못 느꼈을지도 몰랐다.

하지만 하북팽가의 사 공자인 한빈에게 하도 당하다 보니, 서재오는 자신도 모르게 사람의 감정을 살피는 법을 깨닫게 되었다.

홍칠개는 눈칫밥이 늘었다고 했지만, 서재오는 눈칫밥이 아니라 독심술이라고 생각하고 있었다.

매화검수에게 눈칫밥이란 단어는 어울리지 않으니 말이다.

어쨌든 지금 호법 장로가 보이는 모습은 한마디로 절정의 장면을 보여 주기 위한 경극 배우와도 같았다.

그는 과연 무엇을 보여 주려고 이렇게 뜸을 들이는 것일까?

모두가 마른침을 삼키고 있을 때였다.

상념에 잠긴 듯한 표정을 짓던 호법 장로가 검을 빼 들었다.

스릉.

검신이 예기를 발하자 모두가 숨을 죽였다.

사실, 검신보다 더 반짝이는 것은 호법 장로의 눈빛이었다.

호법 장로는 옆으로 한 발 움직였다.

그가 멈춘 곳은 석벽 옆 기둥이었다.

석벽을 단단히 자리 잡은 기둥 두 개 중 오른쪽 기둥이었다.

기둥에도 태극 무늬가 새겨져 있었다.

그는 기둥에 새겨진 태극 무늬 중 하나에 검을 꽂아 넣었다.

푹.

난데없는 상황에 강호인들이 고개를 갸웃하고 있을 때였다.

석벽이 흔들리기 시작했다.

흔들리던 석벽이 천천히 우측에서 좌측으로 움직인다.

장식용인 줄 알았던 석벽이 움직인 것이다.

석벽이 움직이자 호법 장로가 외쳤다.

"바로 이곳에 범인들이 있소이다!"

호법 장로의 외침에 모두의 눈이 커졌다.

태극전의 뒤쪽이 비밀 통로라고는 아무도 생각하지 못했

기 때문이다.

드르륵.

돌이 갈리는 소리와 함께 안쪽의 비밀 공간이 모습을 드러 냈다.

순간 여기저기서 비명이 튀어나왔다.

"헉!"

"아니, 저건!"

석벽 뒤의 비밀 공간 뒤에서 두 무인이 검을 맞대고 있기 때문이었다.

놀람도 잠시, 그들 중 하나를 본 강호인들이 웅성대기 시 작했다.

"대체 저건 무슨 광경이란 말인가?"

"저건 무당파의 도복이 아닌가?"

"등에 태극을 보면 무당의 장문인이 분명하네."

"그럼 그 앞에 있는 상대는 누구란 말인가?"

"음, 붉은 무복은 누군지 잘 모르겠네그려……."

이 광경에 당황하지 않을 강호인은 없었다.

소란 가운데 당황한 듯, 입을 함지박만 하게 벌리고 있는 사람도 있었다.

그는 다름 아닌 팽혁빈이었다.

자신의 아우가 태극전의 비밀 공간에서 나올 줄은 전혀 몰 랐다.

거기에 지금 상태가 그리 좋아 보이지 않았다.

옷은 누더기가 되었으며 축축해진 붉은 무복은 더욱 붉게 보였다.

땀이 아닌 피가 분명했다.

팽혁빈은 거도를 움켜잡았다.

아우가 당하고 있는데 그냥 보고만 있을 수는 없었다.

머리끝까지 뻗치는 혈기를 억누르고 오른손에 진기를 모았다.

처음부터 혼원벽력도를 펼칠 작정이었다.

뒷모습만 보면 아우의 상대는 분명히 태극검제였다.

힘으로 태극검제를 누를 수는 없는 법.

최근에 복원된 가문 최고의 도법을 사용할 때였다.

스스슥.

팽혁빈의 손에서 맺힌 푸른 강기가 도신을 나선형으로 덮기 시작했다.

거도를 감싸고 있던 가죽이 버티지 못할 상황.

그때 누군가 팽혁빈의 오른팔을 잡았다.

"그만하게."

그 목소리는 단호했지만 부드럽기도 했다.

팽혁빈이 고개를 돌렸다.

그곳에는 정의맹의 군사인 제갈공민이 있었다.

제갈공민은 작게 고개를 젓고 있었다.

팽혁빈이 눈을 크게 뜨자 제갈공민은 말을 이었다.

"기다리게. 모든 게 지금을 위해서 설계된 것 같네."

"그, 그게 무슨 말씀입니까? 군사님."

"팽 공자와 태극검제 그리고 이곳에 모인 수많은 강호인 말일세."

"그게 무슨……?"

"자네 가문, 아니 십대세가의 존망이 오늘 결정될지도 모르네. 그러니 절대 경거망동하지 말게."

"그럼 보고만 있습니까?"

"일단 여기 모인 영웅들부터 진정시키는 것이 순서일 듯싶네."

"그건 불가능할 것 같습니다, 군사님."

"잠시만 기다리게."

제갈공민이 그의 부채인 학우선을 높이 들었다.

하지만 소란 때문에 그의 행동을 눈여겨보는 이는 없었다.

팽혁빈도 황당하기는 마찬가지였다.

제갈세가의 지략에 대해서는 일찍이 알고 있었다.

하지만 부채 한 번에 소란을 잠재우는 것은 전설의 제갈량도 하지 못할 일이었다.

팽혁빈이 타들어 가는 입술을 잘근잘근 씹고 있을 때였다.

웅성거리는 이들 중 누군가가 외쳤다.

"저건 영웅 대회의 서막을 알리는 비무다!"

"비무라고?"

"태극검제와 무명 소졸의 비무란 말인가?"

"여기 참가한 모든 강호인을 위한 비무가 아니면 이게 뭐겠는가?"

그들의 몇 마디에 눈앞의 생사결은 친선 비무로 바뀌었다.

순간 팽혁빈은 조용히 제갈공민을 바라봤다.

당장 태극검제의 검을 막아야 하는 것은 맞지만, 일단은 제갈공민에게 이 일을 맡기기로 한 것이다.

경악하던 강호인들이 탄성을 지르기 시작했다.

모두의 웅성거림에도 그들의 검은 치열하게 오갔다.

그때 호법 장로가 놀란 듯 외쳤다.

"대체 이건!"

그 외침에 태극검제의 검이 멈췄다.

이어서 한빈의 검도 바로 멈췄다.

태극검제는 천천히 검을 내려놓고 말했다.

"장로, 제때 와 주었군."

"이게 어찌 된 일입니까?"

"강호를 이간질하려던 자들을 막고 있었소."

태극검제가 아무렇지 않게 뒤쪽을 가리켰다.

그가 가리킨 쪽에는 붉은 무복의 사내, 즉 한빈이 선혈이 낭자한 상태로 숨을 헐떡이고 있었다.

그들의 대화는 한빈을 무림 공적으로 몰아가고 있었다.

그들의 대화를 지켜보던 한빈은 비릿한 웃음을 삼켰다.

그것도 잠시, 조용히 눈을 감고 새로 얻은 천급 초식인 발본색원을 사용했다.

발본색원은 지(智)의 구결 쉰 개를 사용하는 천급 초식.

눈 깜짝할 사이에 지 구결 오십 개가 사라졌다.

순간 한빈의 기감이 무당산 전체를 감쌀 듯 넓어졌다.

한빈은 발본색원의 핵심이 기감을 증폭시키는 것임을 깨달았다.

한빈의 감각 안에 무당산 전체 기척이 감지되었다.

이제부터가 중요했다.

한빈은 재빨리 머릿속에 태극검제를 떠올렸다.

순간 한빈의 눈앞에 용린이 나타났다.

그 용린은 화살표 모양이었다.

한빈은 눈을 떴다.

한빈의 눈앞에 있는 화살표 모양은 그대로 남아 있었다.

아무래도 용린을 따라가라는 뜻인 것 같았다.

한빈은 주변 상황을 살폈다.

그곳에서는 여전히 한빈을 무림 공적으로 몰아가기 위해 가짜 태극검제와 호법 장로가 대화를 나누고 있었다.

문제는 이전에 제갈공민이 만들어 놓은 분위기 때문에 강호인 중 누구도 한쪽 말에 귀를 기울이지 않는다는 점이었다.

강호인들은 큰일이라도 난 줄 알고 긴장했었다.

하지만 이 모든 상황이 비무라는 것을 알고 다시 안심했었다.

그런데 이제는 다시 범인을 밝혀내는 과정이라고 한다.

이런 과정 속에서 그들은 쉽사리 결론을 내지 못하고 혼란에 빠졌다.

그 분위기를 감지한 한빈이 눈을 가늘게 떴다.

일단은 이 혼란을 수습하는 게 먼저였다.

한빈은 조용히 손가락을 튕겼다.

딱.

그 소리에 백색 무복의 소녀가 걸어 나왔다.

소녀는 물론 설화였다.

뒤쪽에서 사람이 나오자 강호인들은 한바탕 야단법석을 피워 냈다.

"저, 저건 대체…….."

"소복을 입은 것을 보면 분명히 귀신…….."

그 소리에 걸어 나오던 설화가 그쪽을 쏘아봤다.

귀신이라는 이야기에 신경이 쓰인 모양이었다.

이 난장판에도 주변의 대화까지 신경 쓰다니.

한빈은 설화가 그동안 많이 성장했다고 생각했다.

설화의 뒤로 추레한 행색의 이들이 따라 나왔다.

그들은 뇌옥에 갇혔다가 한빈의 구원을 받은 무당파의 제자들이었다.

그들은 일제히 한빈의 뒤에 섰다.

한빈의 노력 덕분에 그들의 외모는 많이 회복된 상태였다.

그들이 한빈의 뒤에 서자 태극전은 그야말로 혼란에 빠졌다.

한빈의 바로 뒤에 있는 것은 현담, 현웅 등의 무당파 제자.

그들과 똑같은 외모의 사람들이 호법 장로의 뒤에도 서 있었다.

강호인들은 이제 이 상황이 경극의 한 장면인지 의심해야 했다.

"대, 대체 저게 무슨 변고인가?"

"혹시 우리를 위한 경극인가?"

"그렇다면 태극검제도 가짜?"

"모든 것이 경극이라면 나도 이해하겠네."

그들이 술렁일 때 호법 장로가 먼저 선수를 쳤다.

"저들이 아까 말씀드렸던 자들이오. 우리와 똑같이 변장을 한 자들을 태극검제와 우리 무당의 제자들이 사로잡아서 뇌옥에 가두었소이다. 그리고 뇌옥의 출입구가 바로 이곳이고 말이오. 그 뇌옥을 지키기 위해 태극검제께서는 이곳에 자리를 잡고 폐관을 하셨소이다."

그의 말에 강호인들은 서로를 바라봤다.

그것도 잠시, 그들은 고개를 끄덕이기 시작했다.

가짜 무당파 제자들을 가두어 놓았다고 호법 장로가 미리 말했기 때문이다.

그때 한빈이 한 발 앞으로 나섰다.

"우리가 가짜라고? 그렇다면 내가 얼굴을 확인해 봐도 되겠습니까?"

"무엄하다. 태극검제를 해하려 한 자가 우리의 얼굴을 확인하겠다고?"

호법 장로가 뱁새눈을 하며 한빈을 쏘아봤다.

한빈이 뒤쪽을 가리키며 말을 이었다.

"그렇다면 우리가 가짜라는 증거가 있습니까?"

"여기 계신 태극검제가 증인인데 무슨 증거가 필요하겠는가?"

호법 장로의 말에 모든 강호인이 고개를 끄덕였다.

무림삼존 중 하나라는 태극검제가 증인이라면 증거는 필요 없을 수도 있었다.

강호를 지탱하는 규칙 중의 하나가 강자존이 아니던가?

그뿐이 아니었다.

태극검제가 그동안 보여 온 행동은 강호인의 모범이 되기에 충분했다.

그때 화산파의 대표인 서재오가 한 발 나섰다.

"누가 진짜이고 누가 가짜인지부터 밝혀내는 것이 순서인 것 같습니다. 그 대상이 태극검제라 할지라도 말입니다."

그 말에 강호인들이 고개를 끄덕였다.

무당의 위세에 덮여 한동안은 잠잠했던 화산파였다.

하지만 요즘 들어서 점점 명성을 높여 가고 있는 화산파이기에, 서재오의 한마디는 설득력이 있었다.

또한 화산파가 명성을 높여 가는 중심에는 바로 매화검협이라 불리는 서재오가 있었다.

후기지수 중 가장 명성을 얻고 있는 서재오의 발언을 무시할 수 있는 강호인은 없었다.

한동안 태극전 내에서 설전은 계속되었다.

급기야는 구파일방과 십대세가의 대표들이 모여서 지금의 사태를 토론하기에 이르렀다.

하지만 결론이 날 수는 없었다.

그때였다.

가만히 보고만 있던 태극검제가 천천히 호법 장로의 옆에 섰다.

그것도 잠시, 태극검제는 검을 들었다.

강호인들이 보기에는 그냥 검을 들었을 뿐 다른 동작은 없었다.

내리긋지도 않았을뿐더러 미동조차 없었다.

태극검제는 가만히 있다가 발을 굴렀다.

쾅.

진동이 태극전 내부에 은은히 울려 퍼졌다.

그 여운이 가시기도 전.

갑자기 비밀 통로를 가리고 있던 석판에서 소리가 났다.

쩌저적.

순간 석판이 반으로 갈리더니 위쪽이 흔들렸다.

뜨드득.

그 소리에 주변에 있던 이들이 다급히 몸을 피했다.

그들이 몸을 피하자 그때야 흔들리던 석판의 위쪽이 아래로 떨어졌다.

쿠아앙!

굉음에 모두는 눈을 크게 떴다.

그들이 놀란 것은 굉음 때문만은 아니었다.

떨어져 나간 석판 가장자리의 굴곡은 마치 태극을 그려 놓은 것 같았다.

그 유려한 곡선에 강호인들이 하나같이 외쳤다.

"태극심검!"

그랬다.

이것은 강호인들에게는 전설로 내려오는 무당파의 최고 절기였다.

태극혜검을 극성까지 연마해야 깨달을 수 있는 태극심검.

손을 안 대고도 태극의 문양으로 상대를 벨 수 있다는 절기.

무당파 제자들의 가슴은 태극을 품고 있다는 말처럼, 마음속의 정형화된 태극이 심검의 형태로 나타난다는 것이다.

사실 이 무당의 절기를 본 자는 없었다.

그저 무당파의 시조 장삼봉만이 펼쳤다고 전해질 뿐이었다.

그런데 전설의 초식을 현 장문인이 자신의 손으로 펼친 것이다.

무당의 제자를 증명하는 방법 중 가장 좋은 것은 무엇일까?

장문인의 신분을 증명하는 가장 좋은 방법은 무엇일까?

바로 무당의 무공을 보여 주는 것이다.

태극검제는 이 한수로 모든 강호인의 의문을 잠재워 버렸다.

그때, 한빈도 밖으로 걸어갔다.

무당파의 제자들도 한빈을 따라 나왔다.

그들도 가짜 태극검제의 한 수에 놀라기는 마찬가지.

한빈의 바로 뒤쪽에 있던 수운도 마찬가지였다.

자신의 사부와 사숙을 구하면서 지금 눈앞에 있는 태극검제가 가짜라는 것을 알고 있었다.

그런데 갑자기 태극심검을 펼치자 한편으로는 눈앞에 있는 자가 진짜 태극검제가 아닐까 의심하게 되었다.

의심은 더 큰 의심을 만드는 법.

수운은 자신의 사부와 사숙들을 돌아봤다.

이 모든 것이 가짜라면?

그만큼 태극검제가 보여 준 한 수는 놀라웠다.

그때 수운의 귓가에 한빈의 목소리가 들렸다.

"가짜입니다."

"가, 가짜라니, 그게 무슨 말씀이오?"

"지금의 한 수 말입니다. 가짜입니다."

수운이 두 눈을 크게 뜨며 물었다.

"지금 태극심검이 가짜라는 이야기란 말이오? 소협."

"네, 저건 가짜입니다."

한빈이 반 토막 난 거대한 석판을 보며 희미한 웃음을 지었다.

태극심검이라?

그것은 전설로 내려오는 무당의 무공이다.

태극심검을 한 번이라도 본 적 있는 무인이 있던가?

그저 무당파의 명성을 드높이기 위해서 만든 이야기라고 한빈은 생각한다.

사실, 용린검법을 얻기 전이었으면 한빈은 그 전설을 믿었을지도 모른다.

세상의 이치에서 아득히 벗어난 용린검법마저도 한계가 뚜렷했다.

심검이란 마음의 검으로, 무엇이든 벨 수 있어야 한다.

갑판의 그을음 때문에 미친 듯이 자신을 쫓던 백경의 선주가 아니었던가?

그렇다면 백경의 갑판 위에서 한빈은 벌써 죽었어야 정상이다.

그게 아니더라도 이곳의 문이 열리기 전에 가짜 태극검제의 한 수에 당하는 것이 맞았다.

여기까지 생각하자 가능성은 단 하나였다.

그것은 의심을 근본적으로 차단하려는 상대의 꼼수라는 결론이다.

태극검제가 태극심검을 펼쳤는데, 어떤 강호인이 진위를 의심하겠는가?

만약에 동굴 안에서처럼 무당의 기운이 실리지 않은 태금혜검을 펼쳤다면, 이전처럼 누군가의 의심을 받을 수도 있는 일이었다.

상대의 한 수가 무공이 아니라고 단정을 짓자, 한빈은 다른 방향으로 추론할 수 있었다.

그 꼼수를 알아내는 데는 그리 오랜 시간이 걸리지 않았다.

전생에 귀검대를 이끌며 수많은 암수와 귀계를 펼쳤던 것이 바로 한빈이었다.

이런 얄팍한 수로 강호인을 선동하려고 한다?

그것은 말도 되지 않았다.

하지만 지금 당장 밝힐 필요는 없었다.

진실을 알아낸 한빈의 표정은 평온해졌다.

평온한 한빈과는 달리, 수운은 어찌할 바를 모르다가 말을
이었다.

　"지금 무당의 무공이 거짓이라……."

　"일단 숨 좀 돌리시지요. 무당이 문제가 아니라 저 석판을
잘 보십시오."

　"그게 무슨 말이오?"

　"모든 사물에는 결이 있습니다."

　"결이라니, 그게 무슨 말이오?"

　"고기를 썰 때도 결이 있고 하다못해 채소를 썰 때도 결이
있습니다. 무당에서도 가끔은 석판을 수련의 도구로 삼을 때
가 있죠? 그때 석판을 격파하다 보면 결을 보셨을 겁니다."

　"소협의 말이 맞소."

　수운은 고개를 끄덕였다.

　무당 무공의 기본 원리는 태극.

　무당에서도 권장법으로 석판을 격파하는 수련이 있다.

　힘으로 격파하는 것이 아닌 사물 안에 들어 있는 태극부터
깨치라고 배운다.

　사물의 태극과 한빈이 말한 결은 결국은 같은 이치.

　사물은 태극으로 결합된 것이라는 게 무당이 세상을 바라
보는 이치였다.

　그 태극의 틈을 찾아서 떼어 내는 것이 바로 무당이 말하
는 권장법 격파술의 원리였다.

수운이 고개를 끄덕이자 한빈이 말을 이었다.

"저 석판은 미리 잘려 있었습니다. 자세히 보시면 아랫면과 윗면의 결이 일치하지 않습니다. 서로 다른 돌을 가공해서 이어 붙인 거죠."

"대체 그게 어떻게 가능하다는 거요?"

"저 정도의 인원이면 가능하지 않겠습니까?"

한빈은 검지로 호법 장로의 뒤쪽을 가리켰다.

그곳에는 가짜 무당 제자들이 늘어서 있었다.

저 정도의 인원이라면 태극전을 개조하고도 남았다.

무당산을 통제하고 일을 벌여도 강호인들은 모를 것이었다.

혼란스러워하는 수운의 귓가에 한빈의 목소리가 들려왔다.

"부탁이 있습니다, 도인."

"말씀해 보시오."

"제가 말한 것과 도인이 알고 있는 태극의 원리를 기본으로 저 석판의 꼼수를 증명해 주십시오."

"왜 나보고 저걸 증명하란 말이오? 소협이 직접 하면 되지 않소?"

"아닙니다. 저는 다른 할 일이 있습니다."

"대체 이보다 더 중요한 일이 어디 있단 말이오?"

"그건 비밀입니다. 그리고 이건 받아 두십시오."

한빈은 주머니를 하나 꺼냈다.

손바닥보다 조금 더 긴 백색의 주머니였다.

수운이 다급하게 물었다.

"이게 뭐요? 소협."

"무당의 제자들과 여기 모인 영웅들에게 도인의 말이 안 먹히면 그때 열어 보십시오."

뜻 모를 말을 남긴 한빈은 천천히 앞으로 나갔다.

한빈이 앞으로 나가자 강호인들은 하나같이 고개를 갸우뚱했다.

한빈이 누군지 모르기 때문이다.

그들의 눈빛에 보답하듯 한빈이 말을 이었다.

"저는 하북의 천수장에서 온 검객입니다. 제가 가진 미천한 의술 덕분에 하북에서는 저를 생불이라는 과한 호칭으로 부르기도 하죠. 그리고 어느 분들은 청운사신의 후인이라고 칭하기도 합니다. 그리고……."

한빈은 쉬지 않고 자신을 소개했다.

중요한 것은 한빈이 이번만큼은 하북팽가와 자신을 연관 짓지 않았다.

하북팽가라고 하면 십대세가와 연관을 지을 것이 뻔했다.

그럼 이후에는 십대세가와 구파일방의 대립 구도가 자연적으로 형성된다.

대충 상황을 보니 백경은 이것을 염두에 두고 이번 일을 계획한 것 같았다.

여기서 한빈이 십대세가를 등에 업는 순간 내분은 시작된다.

한빈의 말에 강호인들이 웅성대기 시작했다.

"저 사람이 생불이라고?"

"잠시만……. 저자가 청운사신의 후인이라는 겐가?"

"청운사신의 후인이라면 천하제일 영웅의 제자라는 게 아닌가?"

"잠시만, 왜 저 꼴이 됐지?"

"청운사신의 제자가 무당에 침입한 죄인이라고?"

"설마 그럴 리가 있겠는가? 아마도 태극검제께 비무를 청한 것이겠지."

"지금 상황이 좀 심각해 보이는데, 자네는 어떻게 생각하나?"

사람은 저마다 의견을 쏟아 냈다.

하북팽가라는 가문보다.

생불이라는 인자한 하북의 의원보다.

의외로 청운사신의 후인이라는 이름이 이곳에서는 통했다.

어찌 보면 당연한 일었다.

청운사신의 이름은 하남정가에서의 사건 이후로 알음알음 강호에 퍼져 나간 상태였다.

소문은 소문을 낳는 법이 아니던가?

어떤 이들은 청운사신이 푸른 구름을 타고 다니는 신선이라고도 했다.

그리고 어떤 자들은 후인에게 모든 것을 물려주고 등선했다고도 했다.

청운사신의 이름을 모르는 자들은 그리 많지 않았다.

설사 모르는 자들이라고 해도 그 웅성거림에 반응할 수밖에 없었다.

그들은 알아서 정보를 교환했다.

"그럼 저 소협이 적룡대협의 후인도 된다는 말이 아닌가?"

"허허, 진짜 적룡대협의 후인인가? 적룡대협은 비록 사파이긴 해도 강호의 영웅이라 하기에 부족함이 없는 분일세."

"그런데 이게 무슨 일이란 말인가? 왜 태극검제와 그분들의 후인이 저리 각을 세우고 있단 말인가?"

처음에는 태극검제에게 쏠렸던 시선이 서서히 한빈에게 집중되기 시작했다.

그들이 집중하는 것은 하북팽가의 사 공자가 아니었다.

적룡대협과 청운사신의 후인인 한빈이었다.

원래 밝혀지지 않은 소문이 더 무서운 법이었다.

말하자면 가짜 태극검제가 전설의 심검을 꼼수로 재현한 것과 마찬가지의 이치였다.

한빈도 지금 실재하지 않는 청운사신과 적룡대협의 후광

을 이용하고 있는 것.

그 수는 완벽하게 먹혔다.

젊은 검객 하나가 태극검제 앞에 서 있는데도 무게 추가 어느 쪽에도 기울지 않았다.

이것이 바로 청운사신과 적룡대협의 무게였다.

물론 이렇게 그들의 위상을 쌓아 놓은 것에는 개방과 하오문의 도움이 컸다.

한빈의 의도대로 호법 장로는 표정을 일그러뜨렸다.

그것도 잠시, 표정을 수습한 호법 장로가 한빈에게 한 발 다가갔다.

"이렇게 범인이 나와 주니 고맙군."

범인이라는 말에 다시 장내가 술렁였다.

하지만 한빈은 얼굴색 하나 변하지 않고 답했다.

"미안하지만 나는 범인을 잡으러 온 포쾌지, 범인이 아닙니다."

"포쾌라……. 포쾌가 왜 범인들과 함께 있지?"

호법 장로는 아무렇지 않게 뒤쪽을 가리켰다.

그쪽에는 한빈을 따라 나온 현담을 비롯한 현웅 등의 제자들이 있었다.

그들은 하나같이 분노하고 있었다.

그들은 도움을 받았으면서도 한빈을 의심하고 있었다.

가짜 태극검제와 싸우는 한빈을 의심했었다.

하지만 지금은 자신들이 의심을 받는 상황.

뇌옥에서 탈출하면 모든 게 끝날 줄 알았는데 가짜들이 자신을 대신해 서 있었다.

분노한 그들은 점점 호법 장로에게 다가갔다.

그때 한빈은 손을 들어 뒤쪽에서 튀어나오려고 하는 무당 제자들을 제지했다.

"제게 맡겨 두시죠."

"우리는 저 가짜들을 처단해야 하네!"

현담이 나지막이 외치자 한빈이 말했다.

"여기는 제게 맡겨 두시고, 수운이 여기를 잘 처리할 수 있도록 부탁드립니다."

"수운을 부탁한다니, 그게 무슨……."

그의 말이 끝나기도 전에 한빈은 천천히 걸어갔다.

한빈은 호법 장로를 지나쳐 태극검제의 앞에 섰다.

"비무는 마저 끝내는 것이 어떻습니까?"

"그것을 원하느냐, 아이야?"

"지금 보여 준 태극심검의 한 수라면, 내 목을 베는 것도 그리 어려운 일은 아닐 것이오."

"진정 죽음을 원하느냐?"

"아침에 도를 깨치면 저녁에 죽어도 좋다고 했소. 태극심검을 내 몸으로 받아 도를 깨치고 싶습니다, 태극검제."

한빈은 마지막 태극검제라는 말에 힘을 주었다.

가짜 태극검제가 고개를 끄덕였다.

"좋다."

"그럼 정식으로 태극심검을 받을 준비를 하겠습니다."

한빈은 월아를 세웠다.

그러고는 태극검제를 향해 한 발 다가섰다.

그 모습에 강호인들이 눈을 크게 떴다.

"태극검제와 청운사신의 후인이 비무를 펼친다!"

예정에도 없던 비무는 지금 상황을 잊게 했다.

강호인들의 눈에는 두 무인이 펼칠 무공이 보이는 것 같았다.

바로 전까지 오갔던 무당파를 침입한 범인이니 가짜 제자니 하는 것은 모두 지워졌다.

태극검제의 앞에 간 한빈이 말을 이었다.

"대신 하나의 조건이 있습니다. 심검이란 보이지 않는 검이 아닙니까?"

"알면서 물어보는 것이 참으로 우둔하구나."

"그렇다면 내가 언제 검이 날아오는지는 알아야 하지 않겠소?"

"……."

"내가 열을 셀 테니 그때 태극심검을 펼쳐 주십시오."

"……."

태극검제는 답하지 않았다.

대신 조용히 고개를 끄덕였다.

그와 동시에 태극검제의 검에 진기가 일렁이기 시작했다.

점점 커지는 검기에 강호인들은 눈을 크게 떴다.

저 정도면 심검이 아니라도 어떤 무인이든 두 동강 낼 수 있었다.

그중 몇몇은 고개를 갸웃했다.

이전에 심검을 펼쳤을 때는 검이 미동도 하지 않았었다.

그런데 지금은 검에 맺힌 검기가 포악해 보일 지경이었다.

한빈은 아무렇지 않게 숫자를 세기 시작했다.

"하나, 둘⋯⋯."

강호인들은 태극검제의 검에 맺힌 기운을 보며 열이 되면 청운사신의 후인은 세상에 남아 있지 않을 거라고 생각했다.

한빈이 다섯까지 셌을 때였다.

한빈의 신형이 사라졌다.

다시 한빈이 나타난 것은 태극검제의 뒤쪽.

한빈의 움직임은 누구도 보지 못했다.

구걸십팔보와 전광석화 그리고 일촉즉발의 수법에 모든 속(速)의 구결을 극성까지 펼친 결과였다.

한빈이 다섯을 셀 때 태극검제는 정확히 틈을 보였다.

물론 요혈은 아니었다.

태극검제가 서서히 뒤를 돌았다.

그의 옆구리에는 조그만 단검이 박혀 있었다.

설화에게 넘겨받은 우혈랑검이었다.

태극검제는 아무렇지 않게 단검을 빼내서 바닥에 던졌다.

순간 태극전은 다시 혼란에 빠졌다.

혼란에 빠진 강호인들은 너도나도 침을 튀기기 시작했다.

"청운사신의 후인이 암습을 하다니!"

"대체 이게 어떻게 된 거지?"

"그러게 말이야. 대체 무슨 일이 벌어지고 있는 거지?"

"그런데 방금 태극검제의 기운이 좀 이상하지 않았어?"

"그런 것 같기도 하고?"

"저자가 청운사신의 후인이 맞긴 맞겠지?"

"내가 어떻게 아나? 청운사신도 본 적 없고 그 후인도 본 적 없는데……."

"그럼 태극검제는 진짜가 맞겠지?"

"자네는 태극검제를 본 적이 있나?"

"내가 어떻게 봤겠나?"

그는 고개를 휘휘 저었다.

태극전 내부는 아수라장이 되었다.

가장 당황한 것은 호법 장로였다.

호법 장로는 이런 사태는 예상 못 했다는 듯 적잖게 당황했다.

그때 뒤쪽으로 여섯 걸음 정도 물러나 있던 한빈이 아무렇지 않게 태극검제를 바라봤다.

"심검을 쓰면 도망치는 나라도 쉽게 잡을 수 있겠지? 여섯……."

다시 숫자를 세기 시작한 한빈의 신형이 낙엽 밟는 소리만 남기고 사라졌다.

사사—삭.

그와 동시에 태극검제의 신형도 사라졌다.

스슥.

검을 맞대던 둘은 이제 태극전 내에 남아 있지 않았다.

강호인들은 지금 무슨 일어난 것인지 감을 잡지 못했다.

모든 것이 꿈만 같았다.

둘이 사라지자 호법 장로와 무당의 제자들은 직접 마주 보고 있을 수밖에 없었다.

수운이 천천히 걸어 나왔다.

호법 장로 쪽으로 가는 듯했던 수운은 몸을 돌려 영웅 대회에 온 강호인들을 바라봤다.

그러고는 손뼉을 쳤다.

짝.

순간 모두가 수운을 바라봤다.

수운은 내공을 실어 외쳤다.

"모두 이쪽을 보십시오!"

그가 가리킨 것은 태극심검으로 잘린 석벽이었다.

강호인들은 그것이 무엇을 뜻하는지 알 수 없었다.

그저 서로를 바라보며 수많은 추측을 쏟아 낼 뿐이었다.

청운사신의 후인과 태극검제가 자리에서 사라진 것도 황당했다.

그런데 갑자기 무당의 제자 중 하나가 나와 반 토막 난 석벽을 가리키니 상황이 이해가 되지 않았다.

그때 호법 장로가 소리쳤다.

"지금 무슨 짓이냐?"

"호법 장로님은 진짜 맞습니까?"

"지금 나를 의심하는 것이냐?"

"그럼 왜 장로님 뒤에 가짜 사숙들이 있는 겁니까?"

"흠, 무엄하구나."

그의 말에 수운은 대꾸하지 않았다.

대신 강호인들을 바라보며 다시 말을 이었다.

"이 석벽을 가른 태극심검은 가짜입니다. 태극심검이 가짜라면 태극검제도 가짜요, 그의 편에 섰던 무당의 제자도 가짜겠지요."

그 말에 강호인들의 눈빛이 바뀌었다.

그러지 않아도 모든 상황을 의심하고 있는데 수운의 한마디는 불에 기름을 부은 격이 되었다.

소란이 점점 커지자 호법 장로가 눈매를 좁혔다.

그는 품에서 뭔가를 꺼냈다.

태극 무늬가 선명한 동그란 원판이었다.

그는 그것을 높이 들었다.

순간 모든 무당의 제자들이 무릎을 꿇었다.

강호인들의 사이에 섞여 있던 무당의 속가제자들도 무릎을 꿇었다.

호법 장로와 날을 세우던 수운도 고개를 숙였다.

호법 장로가 손에 든 것은 장문인의 상징인 태극경(太極鏡)이었다.

태극경은 태극 문양이 새겨진 거울.

크기는 작지만, 항상 진실만을 비춰 준다는 무당파의 신물이었다.

물론 그 진실이라는 것은 왜곡되지 않은 현재의 모습이었다.

태극경을 본 수운은 적잖게 당황했다.

무당파의 신물이자 장문인의 상징.

태극경 앞에서 할 수 있는 것은 아무것도 없었다.

여기서 호법 장로의 말에 반박했다가는 그 자체가 무당파의 규칙을 거스르는 것이었다.

진실을 밝히기도 전에 입조차 열지 못하는 상황.

그때 수운의 머릿속에 한빈이 전했던 주머니가 떠올랐다.

수운은 더욱 몸을 숙였다.

마치 도약을 하려는 개구리처럼 말이다.

지금 당장 뛰지는 않겠지만, 준비를 위해서는 몸을 웅크려야 했다.

수운은 조용히 백색의 주머니를 열었다.

순간 수운의 눈이 커졌다.

그 안에는 패 하나가 담겨 있었다.

패의 앞면에는 무극령이라고 쓰여 있었다.

순간 수운의 가슴이 마구 뛰었다.

무극령의 뒤쪽에는 쪽지가 있었다.

수운은 쪽지를 천천히 읽어 나갔다.

쪽지를 다 읽고 난 수운의 눈에 광채가 맴돌았다.

그것도 잠시, 수운은 고개를 돌려 태극전의 입구를 바라봤다.

사라진 한빈이 궁금했기 때문이다.

그보다 더 궁금한 것은 이 모든 상황을 어떻게 예측했느냐 하는 점이었다.

그리고 더 궁금한 것은 이 쪽지를 쓴 시점이었다.

한빈은 마치 이 상황을 보고 있는 것처럼 수운에게 조언하는 글을 남겼다.

결심을 굳힌 수운은 자리에서 일어났다.

갑자기 무당의 신물인 태극경 앞에서 고개를 빳빳이 드는 수운의 모습에 모두가 눈을 크게 떴다.

오죽하면 옆에 있던 현담이 수운의 소매를 잡아끌 정도였다.

"진정하거라."

"저는 괜찮습니다."

"태극경 앞에서는 그 어떤……."

"제게는 숨겨 둔 한 수가 있습니다. 그러니 걱정하지 마십시오, 사부."

수운은 현담을 향해 살짝 고개를 조아렸다.

현담은 그 모습에 고개를 저었다.

수운의 모습에서 누군가가 겹쳐 보였기 때문이다.

바로 자신을 구했던 하북팽가의 사 공자 말이다.

절망적인 상황 앞에서도 항상 괜찮을 거라 확신하는 모습이 완전히 똑같았다.

너무 신중해서 항상 일을 그르치는 제자가 저리 변하다니.

현담은 조용히 고개를 끄덕였다.

제자를 인정한 것이다.

수운은 주변의 걱정스러운 시선에도 아랑곳하지 않고 천천히 앞으로 나아갔다.

"호법 장로는 무당파의 제자입니까?"

"흠, 지금 무슨 말을 하는 것인지 모르겠군. 당연한 것을 왜 물어보는 것이냐?"

"그럼 무당파는 정파입니까?"

"대체 무슨 말을 하고 싶은 것이냐?"

"바로 이것 때문입니다."

수운은 무극령을 높이 들었다.

순간 호법 장로가 고개를 갸웃했다.

그 모습에 수운이 다시 말을 이었다.

"이것은 정파의 신물인 무극령입니다. 정파인이라면 누구도 이 무극령보다 앞에 설 수 없습니다. 아닙니까?"

"대체……."

"모든 무당의 제자들은 일어서시오."

수운의 말에 강호인들 사이에 섞여 있던 무당의 속가제자들이 하나둘 일어났다.

하지만 무당파의 정식 제자들은 아직 고개를 조아린 상황.

수운의 옆에 있던 현담이 자리에서 일어났다.

그 뒤로 무당의 제자들이 하나둘 자리에서 일어났다.

상황이 바뀌자 수운은 숨 쉴 틈 없이 강호인들을 향해서 한 발 다가섰다.

수운은 주위를 돌아보며 외쳤다.

"진실이 밝혀질 때까지는 모든 무당의 제자들은 중립을 지켜 주시오! 그리고 이곳에 온 정의맹의 제갈 군사에게 정식으로 요청하는 바이오. 제발 제 말의 진위를 가려 주시오!"

그 말에 호법 장로의 눈빛이 떨렸다.

그는 분노한 듯 외쳤다.

"그 무극령이 진짜라는 증거가 있느냐?"

그 말에 다시 한번 태극전이 술렁였다.

이제까지 이어진 수많은 의심에 하나가 더 추가된 것이다.

그때 강호인들 사이에서 누군가 말했다.

"그건 내가 확인해 보겠소."

모두는 목소리가 나는 곳을 바라봤다.

그곳에는 학우선을 든 제갈공민이 서 있었다.

정의맹의 군사인 제갈공민은 천천히 앞으로 걸어왔다.

그가 걸어오자 강호인들은 길을 터 주었다.

제갈공민은 어느새 수운의 옆에 서서 무극령을 살폈다.

그는 무극령이 아닌 수운의 다른 손에 들려 있는 쪽지를 바라봤다.

수운도 눈치채고 그가 잘 볼 수 있게 쪽지를 펼쳤다.

이런 상황은 수운과 제갈공민만이 아는 상황.

제갈공민은 수운이 자신을 지목했을 때 그것이 하북팽가 사 공자인 한빈의 의도라는 것을 눈치채고 있었다.

사천당가에서 제갈세가는 한빈에게 목숨을 빚졌다.

한두 명의 목숨이 아닌 세가 전체의 목숨을 말이다.

제갈공민은 이 무극령이 가짜라고 해도 그 사실을 뒤집어서 진짜라고 선포할 작정이었다.

하지만 쪽지를 다 읽고 나서 확인한 무극령은 진짜였다.

정의맹에서 일지대사에게 맡긴 무극령이 맞았다.

제갈공민이 떨리는 목소리로 말을 이었다.

"대체 이건……."

그 떨리는 목소리에 호법 장로가 입꼬리를 올렸다.

"일지대사께 있는 무극령이 어찌 이곳에 있을 수 있소. 군사가 보기에도 가짜가 맞지 않소?"

"이건 진짜 무극령입니다."

"그게 무슨……."

"이건 진짜가 맞습니다."

말을 마친 제갈공민은 무극령 앞에서 예를 취했다.

탁탁.

무릎을 한 번 꿇고 일어난 제갈공민은 조용히 어디론가 걸어갔다.

강호인들은 제갈공민에게 집중했다.

제갈공민이 무엇을 하려는지 알고 있기 때문이다.

강호인들의 예상대로 제갈공민은 석판을 꼼꼼히 살폈다.

그리 오래되지 않아서 제갈공민이 일어났다.

그는 몸을 돌려 강호의 영웅들을 바라봤다.

"나는 정의맹의 수석 군사요. 하지만, 십대세가의 일원이기도 하오. 여기 계신 영웅들은 내 판단을 믿겠소? 만약에 믿는다고 하면 내 판단을 밝히겠소."

그때였다.

무당의 호법 장로가 외쳤다.

"이건 무당파의 일이오! 조사를 한다 해도 무당파에서 하겠소. 나는 군사의 말을 믿지 못하겠소."

그때 다시 누군가 나섰다.

"청성파는 호법 장로의 말을 지지하오."

"나도 호법 장로의 말에 지지해요."

아미파에서 온 장로 한 명도 의견을 보탰다.

상황은 묘하게 흘렀다.

모두가 의견을 밝히자 여기저기서 목소리를 내기 시작한 것이다.

진실을 밝히겠다는 의지보다는 친분과 이익에 따라서 의견이 나뉘었다.

어떤 강호인들은 이건 십대세가와 구파일방의 싸움이 아니냐고 한숨을 쉬기도 했다.

어떤 강호인은 구파일방이나 십대세가의 말은 듣지 않겠다고 하기도 했다.

그때였다.

누군가 뒤쪽에서 천천히 걸어 나왔다.

일반 무인들과는 달리, 장창을 들고 있었다.

거기에 복장도 묘했던 게, 군부의 병사들이 입는 흉갑까지 입고 있었다.

순간 어떤 강호인이 외쳤다.

"신창양가다!"

"헉, 신창양가가 영웅 대회에 왔다고?"

그들은 웅성대기 시작했다.

신창양가는 충신을 대표하는 가문이었다.

세상의 이익을 멀리하고 나라가 위태로울 때 항상 앞장서는 무림세가였다.

그런 관계로 무림의 행사에는 모습을 드러내지 않는 가문이었다.

모두가 놀란 가운데, 신창양가의 무인들 사이에서 누군가 걸어 나왔다.

그는 천천히 제갈공민이 있는 곳까지 갔다.

그는 고개를 돌려 사람들에게 포권했다.

"저는 신창양가의 양예신이라고 합니다. 저는 제갈공민 군사의 판단을 듣기 원합니다. 사실……."

양예신은 자신이 이곳에 온 이유에 대해서 말했다.

그것은 얼마 전에 있었던 가문의 위기와 관련되어 있었다.

가주의 주화입마가 알고 보니 어떤 세력의 작당이었다는 것.

사태를 해결해 준 이는 천수장의 한 의원이었다는 것이 이야기의 시작이었다.

그 꼬리를 쫓다 보니 여기까지 오게 되었다는 것이 바로 결론.

처음 밝히는 신창양가의 속사정에 강호인들은 흥분했다.

그때였다.

누군가가 또다시 앞으로 걸어 나왔다.

그를 본 강호인들은 다시 길을 터 주었다.

지금 걸어 나오는 이는 다름 아닌 이세명이다.

이세명은 천천히 앞으로 걸어 나와 모두에게 포권한 후 입을 열었다.

"조금 전까지는 여러분들이 알고 있는 대로, 나는 천리 표국의 이세명이었소."

낭인왕 이세명의 말에 모두가 고개를 갸웃했다.

그때 이세명이 다시 말을 이었다.

"하지만 오늘부터는 철혈검가의 가주 이세명이오."

철혈검가라는 말에 다시 들썩이는 태극전.

놀란 호법 장로가 조용히 뒷걸음치기 시작했다.

무쌍

태극전 내부의 상황은 거의 한쪽으로 기울어진 듯싶었다.

이곳이 무당파라고는 하나, 강호에서 모인 호걸들의 숫자는 무당의 제자보다 더 많았다.

정의맹의 군사 제갈공민이 학우선을 부치며 한 발 앞으로 나갔다.

"왜 그러십니까? 호법 장로."

"아, 아무것도 아니오."

호법 장로가 손을 내젓자 제갈공민이 다시 말을 이었다.

"그럼 제가 이 석판에 남아 있는 흔적에 대한 이야기를 해도 되겠습니까?"

"어서 말해 보시오."

호법 장로는 표정을 바꾸고 오른손으로 당당히 석판을 가리켰다.

그 모습에 제갈공민이 말을 이었다.

"이 석판의 단면에는 실로 놀라운 한 수가 쓰였습니다."

순간 여기저기서 흘러나오는 함성.

"그럼 무당파의 태극심검이 맞다는 것인가?"

"그래, 정의맹 군사의 말이니 믿어야지 않겠나?"

"제갈 군사의 말이면 믿을 수 있지."

갑작스러운 말에 호법 장로의 표정도 바뀌었다.

제갈공민은 소란이 가라앉을 때까지 잠시 설명을 멈췄다.

그는 주위가 잠잠해지자 석판 쪽으로 걸어갔다.

허리를 숙인 제갈공민은 반 토막 난 석판의 조각을 양쪽 손에 들었다.

"다들 여기 보십시오. 이렇게 딱 맞아떨어지는 걸로 봐서, 잘리기 전에는 하나였던 돌입니다. 그런데 이쪽의 결을 보십시오. 그러니까……."

제갈공민은 석판 조각을 양손에 들고 설명을 이어 나갔다.

한빈이 수운에게 한 설명과 비슷한 내용.

제갈공민의 설명에 강호인들은 서로를 바라봤다.

정의맹 군사인 제갈공민은 강호인들에게 신망이 두터운 인물이었다.

거기에 더해 지금의 설명에도 부족한 점이 없었다.

문제는 가짜 태극심검이 의미하는 점이었다.

제갈공민의 설명이 계속되자 강호인들은 자신들도 모르게 병장기를 움켜잡았다.

그들도 강호라는 거친 물결 속에서 이제까지 살아남은 자들이었다.

지금의 상황이 의미하는 바를 모를 리 없었다.

그것은 딱 한 단어로 요약할 수 있었다.

위기!

그들은 본능적으로 위기감을 느꼈다.

태극심검이 가짜고 태극검제도 가짜라면 이곳 영웅 대회 자체가 가짜인 셈이다.

가짜 영웅 대회를 열었다면 그 이유는 단 하나일 터였다.

말살(抹殺)!

이곳에 모인 강호인들이 가진 대부분의 생각이었다.

이익에 따라 호법 장로 쪽에 섰던 구파일방의 대표들도 뒤로 한 발 물러나 병장기를 움켜쥐었다.

그들도 영웅 대회의 개최 자체가 의심스러워진 것이다.

제갈공민의 설명도 설명이지만, 그들이 긴장하는 이유는 갑자기 등장한 신창양가의 대공자 양예신 때문이었다.

신창양가는 관과 무림의 중간 성격을 가진 가문.

그런데 그 가문을 해하려는 무리가 있었고, 그 흔적을 찾아서 여기까지 찾아왔다면?

그리고 신창양가의 양예신이 호법 장로의 반대편에 섰다면?

딱 이 두 가지만 봐도 그 범인은 바로 호법 장로 측이었다.

호법 장로를 지지하던 아미파의 장로는 제자들에게 눈짓했다.

그들은 게걸음 걷듯 자리를 옮겨서 호법 장로 쪽에서 멀어졌다.

다른 문파도 마찬가지였다.

마음을 바꾸어 무당파의 제자들에게서 멀어졌다.

그도 그럴 것이, 신창양가에서 주장한 사실이 확실하다면 오늘 무당은 멸문할 수도 있었다.

무당파 호법 장로의 편을 들었던 대표들은 점점 자리를 옮겨 가더니, 급기야는 태극전을 빠져나가려고 했다.

그들의 모습에 강호인들은 속닥이기 시작했다.

"대체 지금 왜 저렇게 자리를 뜨는 것이오?"

"가라앉는 배에 올라탔는데 그냥 가만히 있을 수만은 없는 일 아닙니까?"

아미파의 장로가 태극전을 빠져나가려고 할 때였다.

제갈공민이 그녀를 향해 외쳤다.

"멈추시오, 사태(師太)!"

사태는 여승이나 여도인을 높여서 부르는 말.

구파일방 중 하나인 아미파의 장로이니 적당한 호칭이었다.

하지만 이상한 것은 호칭은 높여 놓고 강압적으로 명령하는 제갈공민의 태도였다.

아니나 다를까.

아미파의 장로가 짙은 눈썹을 꿈틀댔다.

"지금 뭐라 했나요? 나보고 멈추라 한 건가요? 정의맹의 군사라도 내게 그런 명령을 할 권리는 없다고 보는데요."

"명령이 아닙니다. 그건 부탁이었습니다. 그 문턱을 넘지 마십시오. 태극전에 희한한 장치를 설치한 자들입니다. 과연 우리가 그 문턱을 그냥 넘도록 놔뒀겠습니까?"

"그게 무슨……."

"못 미더우면 시험해 보십시오."

"무엇을 시험해 보라고 하는 건가요?"

아미파의 장로가 눈을 가늘게 뜨자, 제갈공민이 태극전 입구의 위쪽을 가리켰다.

제갈공민의 시선을 따라 움직이던 아미파 장로의 고개가 멈추었다.

그곳에는 가느다란 실이 보였다.

순간 아미파 장로가 제자들에게 외쳤다.

"다들 물러서거라!"

그 외침에 밖으로 빠져나가려던 제자들이 왔던 길로 돌아갔다.

가장 앞에 있던 아미파 장로는 재빨리 뒤쪽으로 물러났다.

순간 위쪽에서 검은 칼날이 떨어졌다.

휙.

그것은 거대한 단두대의 칼날이었다.

파공성을 내며 떨어진 칼날이 바닥에 박혔다.

팍!

순간 아미파의 장로의 눈빛이 떨렸다.

제갈공민이 단호하게 외치지 않았으면 아미의 제자 중 몇은 반 토막이 났을 것이 분명했다.

그녀는 조용히 고개를 돌려 제갈공민을 바라봤다.

그러고는 고개를 끄덕였다.

놀란 그녀가 할 수 있는 최고의 인사였다.

그것도 잠시, 아미파 장로의 눈이 커졌다.

"저자들이!"

모두는 그제야 아미파 장로가 가리키는 곳을 바라봤다.

아미파 장로에게 시선이 쏠린 사이 호법 장로와 가짜 무당제자들이 도망쳤기 때문이다.

바로 수운 일행이 나왔던 뇌옥의 통로로 말이다.

팽팽하게 대치하던 적이 사라진 데다 태극전의 입구는 막힌 상황.

모두의 시선은 뇌옥의 입구로 향할 수밖에 없었다.

그들이 보기에 태극전을 나가는 입구는 뇌옥의 입구가 유일했다.

뇌옥의 입구 쪽에 가까이 있던 모두는 서로를 확인했다.

그것도 잠시, 제갈공민이 천천히 앞으로 나아갔다.

그러더니 기둥에 박혀 있던 검을 빼내었다.

스윽.

그 검은 무당의 호법 장로가 뇌옥의 문을 열기 위해 기둥에 박아 넣었던 것이었다.

모두가 고개를 갸웃할 때였다.

갑자기 위쪽에서 새로운 석벽 하나가 내려왔다.

드르륵. 쿵.

석벽은 다시 뇌옥을 막았다.

그 모습에 깜짝 놀란 수운이 제갈공민에게 달려갔다.

"제갈 군사, 대체 무슨 짓을 한 것이오?"

"적들이 달아날 통로를 막았습니다."

"이건 우리가 탈출한 통로를 막은 것이 아니오?"

"도인은 이곳에서 나오신 게 맞습니까?"

"저는 이곳에서 나왔소이다."

"그럼 이 통로가 어떤지 아실 텐데요?"

"그건……."

수운은 말을 잇지 못했다.

제갈공민의 말 그대로였다. 이곳을 오면서 죽을 고비를 몇 번을 넘겼던가.

거기에 더해 반대쪽 통로는 이미 막혀 있었다.

그렇다면 문제는 이곳에 남아 있는 자신들이 아니었다.

저 안으로 도망친 가짜 제자들은 그야말로 독 안에 든 쥐.

시시각각 바뀌는 수운의 모습에 제갈공민이 말했다.

"열쇠는 우리가 가지고 있습니다."

제갈공민은 검을 슬쩍 들어 올렸다.

그러고는 다시 말을 이었다.

"이 검은 뇌옥의 열쇠입니다. 이걸 박으면 뇌옥의 장치들이 멈추고 이걸 빼내면 뇌옥의 장치들은 다시 작동할 겁니다. 조금 있으면 살려 달라고 문을 두드리겠죠. 우린 그걸 기다리면 됩니다."

제갈공민은 활짝 웃었다.

수운은 그 미소를 보고 고개를 갸웃했다.

어디선가 본 듯한 미소였기 때문이다.

마치 하북팽가의 사 공자와 비슷했다.

유유상종이라더니 같은 사람끼리 어울리는 것 같았다.

수운은 정작 자신도 한빈과 비슷해지고 있다는 것은 깨닫지 못했다.

옆에 서서 수운을 지켜보던 그의 사부 현담만이 고개를 살짝 저을 뿐이었다.

살짝 여유를 찾은 현담은 천장을 바라봤다.

태극검제가 가짜라면 진짜 장문인은 어디에 있단 말인가?

그리고 태극전에서 사라진 하북팽가의 사 공자는 무사한 것일까?

❧

구걸십팔보를 극성까지 펼친 한빈은 용린이 알려 주는 방향을 따라가고 있었다.

슉. 슉.

한빈의 신형은 짐승들도 따라잡지 못할 정도로 빨랐다.

한빈은 용린이 가리키는 방향을 쫓으며 조용히 허공을 바라봤다.

[용안으로 구결을 확인합니다.]

우혈랑검을 가짜 태극검제의 몸에 박아 넣고 획득한 구결이었다.

[천급 구결 래(來)를 획득하셨습니다.]
[천급 초식 고진감래를 획득하셨습니다.]

결국은 백의 도움으로 초식 하나가 완성되었다.

[알 수 없는 구결 : 오(五)]

이제 모아 두었던 구결이 모두 초식으로 완성되었다.

[지금 확인하시겠습니까?]

친절하게 선택하라는 글귀가 나온다.

아마도 지금 뒤쪽에서 쫓고 있는 가짜 태극검제 때문일 것
이다.

한빈은 고개를 흔들었다.

일단 진짜 태극검제를 찾는 것이 먼저였다.

그와 더불어 가짜 태극검제, 즉 백이 한빈을 바싹 뒤쫓는
상황이었다.

만약 그에게 따라잡힌다면?

승부가 문제가 아니었다.

지금 한빈이 얼핏 느낀 진짜 태극검제의 기감은 바람 앞에
언제 꺼질지 모르는 등불이었다.

빨리 가서 구해 내지 않으면 이번 무당에서 일어난 사건을
마무리 짓기 힘들 터였다.

태극검제는 이 사건의 시작이자 끝.

그러니 마무리도 태극검제 본인이 나서야만 깔끔했다.

만약 태극검제가 이곳에서 죽는다면?

강호가 사분오열될지도 몰랐다.

어쩌면 그게 백이 마지막으로 바라는 결과일 수도 있었다.

한빈은 용린이 가리키는 방향을 향해 달려갔다.

계속 달려가던 한빈은 고개를 갸우뚱했다.

처음에는 정신이 없어서 몰랐는데, 용린이 가리키는 목적지는 분명히 무당산의 정상이었다.

무당산의 정상이라면 무영과 백 일 수련을 했던 향로봉이 있던 곳.

생각해 보니 무영과 백미랑을 깜빡했다.

무영의 무공이라면 아마도 입구에서 무사히 있을 것이 분명했다.

이 사건이 마무리되면 무영과의 관계도 정리해야 했다.

그와 함께했던 묘한 꿈도 털어놓고 말이다.

그때였다.

뒤쪽에서 광포한 기세가 한빈을 덮쳤다.

한빈은 재빨리 속도를 높였다.

이제는 구걸십팔보의 한계를 뛰어넘을 정도였다.

홍칠개가 이 장면을 봤다면 감격의 눈물을 흘릴 수도 있을 만한 속도였다.

무당산 정상의 비밀 공간.

무영은 누군가의 완맥을 잡고 한숨을 쉬고 있었다.

"휴."

그가 잡은 완맥의 주인은 다름 아닌 태극검제였다.

그의 옆에는 다른 도인이 한 명 더 있었다.

힐끔 그를 본 무영은 고개를 기울였다.

누군지 모르겠다는 표시였다.

그 모습에 백미랑이 입을 열었다.

"이분은 현문 도인이에요."

"현문이라……."

"무당에서 팽 공자와 가장 친한 도인이기도 해요."

"그놈과 친하다면……."

무영은 재빨리 그의 완맥을 잡았다.

완맥을 잡은 그가 살짝 진기를 불어 넣었다.

순간 현문의 얼굴에 생기가 살짝 돌아왔다.

그것도 잠시, 무영의 기를 강하게 밀어내었다.

무영은 그의 완맥에서 손을 떼고 다시 한숨을 내쉬었다.

"휴."

"왜 그러세요? 대사님."

"무슨 일인지 모르겠지만, 이들은 잠들어 있다. 호흡이 점점 약해지는 것으로 봐서 얼마 남지 않은 듯도 보이고⋯⋯."

"그럼 태극검제가 이대로 돌아가신다는 이야긴가요?"

"흠, 내가 최선을 다해서 손을 써 볼 테지만 그리 기대는 하지 말아라."

무영이 백미랑을 바라봤다.

백미랑이 침통한 눈빛으로 태극검제를 바라봤다.

사실 이곳을 발견한 것은 그야말로 우연이었다.

만약에 무영이 정자의 기둥을 자세히 살피지 않았다면 발견 못 했을 공간이었다.

고개를 젓던 무영이 태극검제의 등에 장심을 갖다 댔다.

그러고는 진기를 모았다.

순간 뒤쪽에서 외침이 들려왔다.

"안 됩니다!"

무영은 재빨리 태극검제의 등에서 손바닥을 떼고 고개를 돌렸다.

그곳에는 만신창이가 된 한빈이 서 있었다.

무영의 눈이 커졌다.

"대체 무슨 일이 있었던 게냐?"

"설명하기 전에 해야 할 일이 있습니다."

"흠⋯⋯."

무영은 침음을 삼키면서도 고개를 끄덕였다.

한빈의 무복은 넝마가 되어 있었고 그 안으로 검상의 흔적이 보이는 상태였다.

한빈은 무영을 지나쳐 태극검제의 상태부터 살폈다.

그러고는 옆에 있던 현문까지 확인했다.

현문을 본 한빈이 조용히 고개를 끄덕였다.

그 모습에 무영이 나지막한 목소리로 물었다.

"대체 무슨 일이더냐?"

"태극검제와 현문 도인은 혈고에 중독되었습니다."

"혈고라면……."

"아마 대사님도 들어 보셨을 겁니다. 강호에서는 금기시되는 고독의 일종으로, 태극검제의 몸속에 들어 있는 것은 혈고 중 양고입니다. 아마도 그 짝인 음고는 적이 가지고 있을 겁니다. 음고가 죽으면 태극검제도 죽습니다."

"음고를 가지고 있는 자는?"

"지금 저를 쫓아 이곳으로 오고 있습니다. 그리고 그 혈고는 태혈고입니다. 진기를 불어 넣으면 더 성장할 겁니다."

"그래서 나를 말린 것이구나."

"네, 그렇습니다. 만약 대사님의 진기가 들어갔다면 태극검제는 더 이상 버티지 못했을 겁니다. 지금 태극검제는 아마도 귀식대법을 펼치고 있는 상태일 겁니다."

"그게 혈고를 막는 방법일 수도 있겠지……. 그런데 혈고를 없앨 방법이 있더냐?"

무영은 눈을 가늘게 떴다.

한빈의 말에 일리가 있었기 때문이다.

진기를 먹고 사는 혈고라면, 그 흐름을 멈춰 피해를 막을 수 있었다.

문제는 언제까지 그런 방법으로 막을 수 있냐였다.

무영의 질문에 한빈이 눈을 반짝였다.

"걱정하지 마십시오. 방법도 없는데 제가 여기에 왔겠습니까?"

말을 마친 한빈이 품에서 은색 상자를 하나 꺼냈다.

예전에 초아를 치료했던 무애향로였다.

백독곡 비밀 공간의 가장 깊숙한 곳에서 얻은 바로 그 물건 말이다.

무애향로에 삼황초를 넣은 한빈은 재빨리 불을 붙였다.

한빈은 무애향로를 태극검제의 코앞에 갖다 대었다.

순간 태극검제의 관자놀이가 꿈틀대기 시작했다.

아마도 혈고가 들어 있는 곳인 듯했다.

초아의 머리에 들어 있던 혈고와는 달리, 더욱 깊숙이 자리 잡은 상태.

혈고는 머리의 혈맥을 따라 꿈틀거리며 이동했다.

무애향로에서 피어나는 삼황초의 냄새를 따라 나오고 있는 것이 분명했다.

태극검제는 고통스러운 듯 작게 신음을 뱉어 냈다.

"음."

그 소리에 한빈이 한숨을 내쉬었다.

"다행히 제가 늦지 않았군요."

"이런 극악무도한 일이 있다니!"

"그들은 백경이라는 조직입니다."

"백경이라……. 얼핏 들어 본 것 같기도 하군."

"그리고 이 태혈고를 심어 놓은 자는 백이라는 자입니다.
그러니까……."

한빈은 백과의 악연에 대해서 설명을 시작했다.

설명할 시간은 충분했다.

태극검제의 머리에 있는 태혈고가 혈맥을 돌아서 나오려
면 아직도 멀었기 때문이다.

이번에는 한빈이 물었다.

"현문 도인은 대체 왜 이런 상태입니까?"

"그건 나도 모르네. 내가 이곳에……."

둘은 계속 대화를 이어 나갔다.

무영이 이곳에 왔을 때는 현문도 저 상태라고 했다.

한빈과 무영은 계속 정보를 교환했다.

옆에 있던 백미랑은 둘의 대화를 바라보기만 했다.

그녀가 끼어들기에는 감당할 수 없는 대화였다.

그때 한빈은 백미랑에게 쪽지 하나를 건넸다.

쪽지를 받은 백미랑은 공간의 옆쪽으로 숨었다.

대화를 이어 나가던 한빈은 고개를 끄덕였다.

무영의 이야기를 듣고 나니 지금 상황이 바로 이해되었다.

태극검제는 무당 제자들의 목숨 때문에 나서지 않았을 것이다.

여기까지는 한빈의 예상대로였다.

옆에 있는 현문은 태극검제의 안위 때문에 저 꼴이 되었을 것이고.

무당의 전체 상황을 보면 마치 인질이 인질을 만드는 셈이었다.

또한 무당파에는 백의 첩자가 미리 숨어 있었던 게 분명했다.

그렇지 않고서야 상대의 약점을 이렇게 잘 파악할 수는 없었다.

한빈은 그 첩자가 호법 장로라고 판단했다.

호법 장로의 얼굴에서는 그 어떤 변장의 흔적도 찾을 수 없었기 때문이다.

그 후 한빈도 뇌옥뿐 아니라 그동안 있었던 대부분의 일을 털어놨다.

이제 백이 이곳에 도달하기까지 남은 시간이 별로 없었다.

그 전에 백경에 대한 모든 이야기를 털어놓는 게 좋았다.

한빈이 봤을 때 무영의 약점은 자비였다.

그 약점을 드러내는 순간 무영은 백에게 당할 수밖에 없었다.

그 안에는 유림 서원에서 있었던 일.

백의 세력이 천하 십대세가를 삼키려고 했던 일 등이 포함되었다.

설명을 듣고 난 무영은 침음을 삼켰다.

"흠, 그런데 왜 이제야 말하는 것이냐?"

"아마 그전에 말했어도 믿지 않으셨을 겁니다."

어깨가 조금이나마 가벼워진 한빈이 희미하게 웃었다.

"그럼 이 모든 것은 혼자 준비한 것이냐?"

"혼자는 아닙니다. 개방의 도움도 있었고 하오문의 도움도 있었습니다. 다만, 구파일방의 모두를 믿지는 못합니다."

그때였다.

갑자기 뒤쪽에서 강대한 기세가 몰려들었다.

파앙!

한빈은 재빨리 태금검제를 안고 옆으로 뒹굴었다.

순간 삼황초의 향을 피워 내던 무애향로가 달렸다.

툭.

태극검제의 머리에서 꿈틀대던 태혈고가 다시 자리로 돌아갔다.

한빈은 미간을 좁혔다.

누가 봐도 백의 짓이었다.

고개를 돌려 보니, 태극검제가 있던 자리로 먼지가 피어오르고 있었다.

그리고 그곳에 검 하나가 꽂혀 있었다.

백이 날린 검이었다.

사실 가장 놀란 것은 무영이었다.

무영은 난데없이 날아온 검에 놀란 것이 아니었다.

자신이 날아오는 검을 눈치채지 못했음에 놀란 것이었다.

기감에도 잡히지 않던 물건이, 갑자기 무영이 반응할 틈도 없이 그의 옆을 지나갔다.

아니 정확히 말하면 옆을 지나갔을 때 검을 막기 위해 손을 뻗었다.

그런데 검의 궤적이 묘하게 바뀌었다.

마치 전설 속의 이기어검을 쓰는 듯한 착각이 들었다.

그때였다.

비밀 공간의 입구에 무당의 도복을 입은 사내가 나타났다.

무영은 사내를 본 순간 뒤를 확인할 수밖에 없었다.

사내의 외모는 정신을 잃은 태극검제와 똑같았기 때문이다.

쌍둥이라고 해도 믿을 정도였다.

그는 무영에게는 눈길조차 주지 않았다.

오직 한빈만 바라볼 뿐이었다.

무영은 묘하게 자존심이 구겨졌다.

자신이 이런 대우를 받은 적은 한 번도 없었다.

그때 사내가 입을 열었다.

"쥐새끼를 잡았구나. 오늘의 놀이도 여기까지다."

물론 한빈을 향해서 하는 말이다.

한빈이 피식 웃었다.

"그 가면 말이야, 답답하지 않나? 그냥 벗고 한판 하는 게 어때?"

"누구 좋으라고? 하하."

사내가 허허롭게 웃자 한빈이 자리에서 일어났다.

"참 재미있는 친구군. 그렇게 얼굴에 자신이 없나? 혹시 얼굴에 흉터라도 있는 건가? 그것도 아니라면……."

한빈은 쉴 틈 없이 입을 놀렸다.

한빈의 격장지계가 다시 시작된 것이었다.

태극검제를 구하려면 시간을 벌어야 했다.

사실 한빈은 백의 감정을 어떻게 흔들어야 할지 알 수 없었다.

이전에 먹혔던 말은 이제 먹히지 않았다.

지금은 그저 되는대로 던져 보는 것이었다.

하지만 백은 눈도 끔뻑하지 않았다.

"그런 말에 내가 흔들릴 것 같나? 아까도 쥐새끼 같은 네 놈한테 속았지. 설마 열을 센다고 해 놓고 셋에서 공격할 줄은……. 하하, 재미있어. 너는 내가 사로잡아서 평생을 끌고 다니겠다."

한빈과 사내의 대화를 들어 보면 마치 서로를 잘 아는 숙

적처럼 보이기도 했다.

한빈이 씩 웃으며 답했다.

"나는 너를 사로잡지 않겠어. 너한테 줄 음식이 아깝거든!"

"나도 네게 음식을 줘서 연명시킬 생각 따위는 없다. 어찌 보면 너와 내 생각은 똑같군."

"내 생각이 어떻게 너와 같지? 애초에 타고난 혈통 자체가 다른데 말이야."

그때였다.

순간적으로 백이 미간을 좁혔다.

혈통이라는 단어에 반응한 것이다.

한빈은 그가 왜 그 단어에 반응한 것인지는 몰랐다.

백이 어둠 속의 자객이라는 것을 한빈은 꿈에도 몰랐던 것.

하지만 한빈은 다시 말을 이었다.

"혈통에 자신이 없으니 가면을 쓰고 있는 것이겠지."

그 도발은 제대로 먹혔다.

"이놈!"

백이 가장 싫어하는 것이 가족 혹은 혈통이라는 단어였다.

혈통은 따뜻함이 아닌 어둠을 떠올리는 단어.

백이 기세를 피워 냈다.

쏴—악.

그와 동시에 백의 얼굴이 꿈틀거리기 시작했다.

마치 수십 마리의 지렁이가 피부 속을 돌아다니는 것 같았다.

그때 한빈이 나지막이 외쳤다.

"저자가 제가 말한 백경의 백이라는 자입니다! 지금 이 틈을 노리십시오, 대사님!"

"지금이라고……."

무영은 다급히 자리에서 일어났다.

순간 무영이 손바닥을 펼쳤다.

백의 앞으로 몸을 날린 무영.

무영은 이번만은 망설임이 없었다.

평소라면 상대를 파악한 후 손을 썼을 것이다.

하지만 지금은 적군과 아군이 명확했다.

어찌 보면 반복된 한빈의 말 때문이었다.

무영의 눈에 백은 중생을 좀먹는 악귀로 보였다.

악귀에게 자비는 사치!

무영의 기운이 백을 덮치기 바로 전.

백의 신형이 사라졌다.

사라진 백은 열 걸음 뒤쪽에서 나타났다.

"어딜!"

말을 마친 백은 품속에서 조그만 가죽 주머니를 꺼냈다.

가죽 주머니는 손가락 한 마디 정도밖에 안 되었다.

백은 그 가죽 주머니를 움켜쥐었다.

한빈의 옆에 있던 진짜 태극검제가 눈을 떴다.

정신을 차린 것이 아니라 눈을 뒤집어 까고 몸을 부르르 떨었다.

무영은 지금의 상황을 바로 이해했다.

태혈고의 짝이 가죽 주머니에 들어 있는 것이다.

가죽 주머니에 압력을 가하니 태극검제의 머리에 들어 있는 태혈고가 반응하는 것은 당연했다.

백을 향해 나아가던 무영이 다섯 걸음 정도를 앞에 두고 멈췄다.

무영이 멈추자 백이 가죽 주머니를 쥐었던 손을 풀었다.

뒤쪽에 있던 태극검제가 다시 안정을 찾았다.

무영은 조용히 백을 바라봤다.

백을 바라보던 무영의 얼굴이 경악으로 물들었다.

태극검제와 똑같았던 백의 얼굴이 완전히 달라져 있었기 때문이다.

눈 깜짝할 사이에 근골까지 완벽하게 바꾸다니.

자세히 보니 체격까지 달라져 있었다.

이것은 변장술이 아니었다.

그때 한빈의 목소리가 들려왔다.

"일단 백을 막아 주십시오. 태극검제는 제가 알아서 하겠습니다."

한빈의 목소리에 백이 가죽 주머니를 틀어쥐었다.

순간 태극검제의 몸이 들썩였다.

가죽 주머니 안에 들어 있는 태혈고의 짝 때문에 태극검제가 반응하는 것이다.

무영은 어찌할 줄을 몰랐다.

천하제일이긴 해도 이렇게 무당의 장문이 인질이 되어 있으니 쉽사리 움직일 수 없었다.

평소에는 괴팍한 노승으로 보여도 그의 기본에는 불심이 깔려 있었다.

그때 한빈이 말했다.

"저만 믿으십시오, 대사!"

"그래, 태극검제의 목숨은 네게 맡기마."

"네, 제게 맡기십시오!"

한빈은 당당하게 소리쳤다.

한빈은 꺼졌던 향로에 불을 붙였다.

동시에 무영이 달려들었다.

무영의 손에서 빛나는 황금색 강기.

무영은 백을 향해 손을 뻗었다.

어찌 보면 중원제일인의 장법이었다.

황금빛 강기가 줄기줄기 퍼져 나가며 백을 옥죄기 시작했다.

그러자 마치 어두운 공간에 태양이 떠오르는 듯한 착각이 들었다.

그때 백이 부채를 꺼내 들고는 펼쳤다.

좌르륵.

순간 부챗살 하나가 빠져나왔다.

휙.

부챗살은 무영을 지나쳐서 태극검제를 돌보고 있는 한빈의 등을 향해 날아갔다.

백이 튕겨 낸 부채의 살이 마치 화살처럼 날아갔다.

앞쪽에 촉이 있는 것으로 봐서는 일반적인 살이 아니라 화살의 뼈대라고 봐야 했다.

거기에 재질도 금속이었다.

슝.

날아오는 금속 살을 본 무영이 손을 뻗었다.

순간 부채의 금속 뼈대가 곡선을 그렸다.

뼈대는 살아 있는 것처럼 그의 손을 빠져나갔다.

이전에 검을 던졌을 때와 비슷했다.

무영은 이런 무공을 본 적이 없었다.

이기어검이 존재하는 것일까?

무영에게 백의 무공은 기시감을 가져왔다.

그것은 오십 년 전 꾼 꿈에서 느꼈던 벽과 비슷했기 때문이다.

오십 년 전 등장했던 무인의 외모는 한빈과 비슷했다.

그런데 무공의 괴이함은 오히려 백이라는 자와 비슷했다.

중원의 무공과는 궤를 달리하는 무공이었다.

그 차이를 극복하기 위해서 무영은 오십 년간 수련했었다.

무영의 가슴이 묘하게 술렁였다.

순간 가슴의 중심에 있는 불심(佛心)이 투심(鬪心)으로 변하는 것만 같았다.

하지만 지금 중요한 것은 태극검제와 한빈의 안위.

무영은 뒤를 돌아보며 외쳤다.

"조심하시게!"

"괜찮습니다, 대사님."

한빈이 아무렇지 않게 월아를 들었다.

그러고는 왼손은 그대로 둔 채 월아로 날아오는 뼈대를 막았다.

순간 굉음이 울려 퍼졌다.

쿠아앙!

백이 던진 금속 뼈대는 한빈과 부딪히며 벽력탄처럼 폭발한 것이다.

무영은 작게 읊조렸다.

"왜 저런 암기를……."

"처음 써 보는데 꽤 위력이 있군."

백이 답하자 무영이 물었다.

"무공이 출중한 자네가 암기를 쓰다니, 그렇게 자신 없나?"

"자신이 없었다면 땡중을 앞에 두고 암기를 던지지도 않았을 테지. 내 암기를 못 막은 네가 동료를 죽인 것이다."

백은 뒤쪽을 가리켰다.

뒤쪽은 먼지가 자욱했다.

아직도 천장에서는 돌가루가 떨어져 나왔다.

두두득.

비밀 공간을 덮은 먼지는 가라앉을 줄을 몰랐다.

그사이에 백은 공격하지 않았다.

혈고가 든 가죽 주머니를 위협하지도 않았으며, 먼지가 가
득한 틈을 타서 암습을 가하지도 않았다.

마치 토끼를 구석에 몰아넣고 장난치는 늑대와도 같은 모
습이었다.

무영도 백에게 다가가지 않았다.

그는 투심을 잠재울 수밖에 없었다.

한빈과 태극검제를 보호할 의무가 있었기 때문이다.

먼지가 서서히 가라앉자 한빈의 모습이 드러났다.

앞선 폭발에 한빈의 무복은 찢겨 나갔다.

무복뿐이 아니었다.

이번 공격으로 고스란히 드러난 피부는 여기저기가 찢겨
있었다.

하지만 왼손에 쥐고 있던 무애향로만은 놓치지 않았다.

무영이 봤을 때 한빈의 행동은 어이없었다.

동작을 보면 분명히 검막을 펼쳤다.

그러나 그 검막은 자신을 위한 것이 아니었다.

한빈은 검막을 펼치되, 그것을 태극검제가 있는 공간에 한정했다.

무영이 보기에 이 모든 동작은 태극검제를 구하기 위한 것이다.

무영은 한빈은 다시 봐야 했다.

천고의 재능을 타고났지만, 자신만 아는 성품은 바로잡아야 한다고 생각했다.

그런데 그 생각은 틀린 것이다.

관음보살의 현신이 있다면 저렇지 않을까?

휘청.

한빈의 몸이 살짝 흔들렸다.

언제 쓰러져도 이상하지 않을 상황이었다.

위태로운 상황에도 한빈은 아무렇지 않게 허공을 바라보고 있었다.

[고진감래(苦盡甘來) - 용린검법의 내공 축적 방법의 하나입니다. 상대의 공격을 내공으로 축적할 수 있습니다. 다만, 상대의 공격을 직접 몸으로 받아야 합니다. 축적된 내공에는 한계가 없습니다. 축적된 내공은 한 번에 사용해야 합니다. 고진감래는 열두 시진마다 한 번 사용 가능합니다.]

바로 태극검제를 치료하면서 확인한 문구였다.

비록 암기지만, 상대의 공격.

그렇다면 문구에서 말한 상대의 공격이었다.

뼈대가 날아올 때 한빈은 그 위력을 짐작하고 있었다.

그 위력을 그대로 흡수한다면?

거기에 더해 한 번만 흡수한다는 문구도 없었다.

한빈은 사지가 잘릴 만한 공격이 아니라면 몸으로 받아 낼 수 있었다.

회복의 구결이 있으니까!

결과는 성공적이었다.

알 수 없는 힘이 오른팔을 타고 꿈틀거렸다.

바로 용린검이 잠들어 있는 팔이었다.

한빈은 쾌재를 부르고 있었지만, 다른 이가 봤을 때는 상당히 위험해 보였다.

겉보기에는 성한 곳이 없었으니 말이다.

위태로운 상황을 본 무영이 달려가려고 했다.

하지만 한빈은 손바닥을 보이며 막았다.

"괜찮습니다, 대사님."

"흠."

"그것보다 지금이 기회입니다."

한빈이 백을 가리키자 무영이 고개를 돌렸다.

순간 무영은 눈을 크게 떴다.

백이 다시 가죽 주머니를 꺼내 든 것이다.

백은 재빨리 가죽 주머니를 움켜잡았다.

다시 태극검제가 몸을 부르르 떤다.

한빈은 포기했다는 듯 무애향로를 구석에 집어 던지고 천천히 걸어 나왔다.

"마음대로 해."

"마음대로 하라고?"

"태극검제를 죽이든 살리든 마음대로 해. 하지만 오늘 너와는 결판을 내야겠다."

한빈의 표정은 평온해 보였다.

옆에 있던 무영은 한빈에게 눈짓했다.

무슨 짓이냐는 뜻이었다.

조금 전까지 한빈은 자신의 몸으로 백의 공격을 막았다.

그런데 지금은 아무렇지 않게 태극검제를 포기했다.

손바닥 뒤집듯 변한 한빈의 태도가 무영은 믿기지 않았다.

한빈은 어깨를 으쓱할 뿐 답하지 않았다.

대신 반대편에 서 있던 백이 웃음을 터뜨렸다.

"하하, 잘도 내 의도를 알아챘군."

웃음을 터뜨린 백이 가죽 주머니를 다시 품에 넣었다.

그 모습에 한빈이 물었다.

"의도가 이런 것이었나?"

"애초에 태극검제를 죽일 마음은 없었다고 할까? 귀한 인질을 내가 왜 버리나? 거기에 내가 심어 놓은 혈고를 해독할 수 있는 자는 강호에 아무도 없거늘……."

"그 말이 사실인가?"

"나조차도 해독할 방법을 모르는데 누가 알겠는가? 초아의 혈고를 제거했다고 자만하는 것 같은데, 태극검제에게는 조금 더 엄청난 놈을 심어 놨지."

"대체 어떤 엄청난 놈이지?"

"그건 내가 내는 마지막 수수께끼이니 저승에서 풀어 보시지."

백은 천천히 한빈과 무영을 향해서 걸어왔다.

한빈도 천천히 백을 향해 나아갔다.

무영은 지금 둘 사이의 대화에 정신이 없었다.

오십 년간 면벽 수련을 한 것이 헛된 일이라는 생각까지 들었다.

백의 마음속을 들여다보며 도박하듯 태극검제를 버린 한빈.

그런 한빈을 아무렇지 않게 대하는 백.

하지만 지금은 그것이 중요한 게 아니었다.

무영은 조용히 진기를 움직였다.

그는 오십 년간 면벽 수련하면서 깨달은 바를 여기서 펼치기로 했다.

한빈이 백에게 다가가기도 전에 무영이 먼저 움직였다.

그 움직임은 번개 같다기보다는 바람에 가까웠다.

실체가 느껴지지 않는 신기한 움직임이었다.

무영이 오른 주먹을 곧게 뻗었다.

순간 황금빛으로 물드는 그의 오른팔.

마치 신병이기와도 같은 광채를 발했다.

부처의 후광이 무영의 오른팔을 덮은 듯 보였다.

반야심권(般若心拳).

불교의 가르침인 반야심경의 가르침을 무공으로 심화시킨 마지막 한 수였다.

무영은 백의 경지가 자신과 비슷하다고 느꼈다.

비슷한 경지의 둘이 붙는다면?

그것은 예측할 수 없었다.

하지만 한 가지 확실한 것은 지금은 일대일로 맞선 생사결이 아니라는 점이었다.

무영의 옆에는 한빈이 있었다.

한빈의 무공이 자신에 미치지 않더라도 근소한 차이로 상대를 누를 수 있을 터.

무영은 무림인의 마음으로 냉철하게 계산했다.

그의 반야심권이 백과 가까워졌다.

불교의 가르침을 승화시킨 초식이지만, 마음은 사천왕의 투심을 담고 있었다.

무영은 이번 한 수에 제법 많은 투기를 실었다.

슉!

한빈도 재빨리 월아를 찔러 들어갔다.

그때 백의 신형이 사라졌다.

한빈의 구결십팔보보다도 더 신묘했다.

구결십팔보가 속도에 중점을 준 보법이라면, 백의 보법은 변화에 중점을 둔 보법이었다.

사라진 백의 신형이 무영의 뒤에서 나타났다.

백의 부채가 무영의 등 쪽을 노렸다.

무영이 재빨리 돌아 오른손을 뻗었다.

순간 부채에서 몇 개의 뼈대가 쏟아져 나왔다.

쿠아앙!

둘 사이에서 폭발이 일어났다.

먼지 속에서 희미하게 보이는 무영의 황금빛 권기.

그 권기는 점점 희미해졌다.

동시에 무영이 주저앉았다.

"후."

"괜찮으십니까?"

한빈이 그를 부축했다.

이미 백은 뒤쪽으로 열 걸음 물러나 있었다.

무영은 조용히 고개를 들어 한빈을 바라봤다.

"대체 왜?"

질문한 이유는 간단했다.

폭발의 모든 위력을 중간에 끼어든 한빈이 받아 냈기 때문이다.

무영이 휘청이는 이유는 모든 힘을 쏟아 냈기 때문이지, 타격을 받아서는 아니었다.

지금 위태로운 것은 오히려 한빈이었다.

그때 백의 목소리가 들려왔다.

"허허. 재미있는 광경이야. 아주 재미있어. 이제 그만……."

백은 말을 잇지 못했다.

뒤쪽에서 자신에게 달려오는 검기를 느꼈기 때문이다.

휙!

백은 재빨리 부채로 검을 막았다.

쾅!

그 충격에 백이 뒤쪽으로 밀려 났다.

스르륵.

백은 고개를 갸웃했다.

눈앞에 서 있는 것은 태극검제였기 때문이다.

백은 살짝 당황했다.

이것은 백의 계산에 없었다.

그는 재빨리 품에서 혈고가 든 가죽 주머니를 꺼내 움켜쥐었다.

순간 태극검제가 어깨를 가늘게 떨었다.

백은 가죽 주머니를 더욱 세게 쥐었다.

태극검제가 다시 어깨를 부르르 떨었다.

누가 봐도 혈고의 영향을 받는 상황이었다.

하지만 그 효과가 미미했다.

그때 뒤쪽에서 한숨 소리가 들려왔다.

"휴, 그만하셔도 될 것 같습니다."

뒤쪽에는 백의 퇴로를 막고 있는 한빈이 있었다.

한빈은 살짝 입꼬리를 올린 채 고개를 좌우로 저었다.

그 모습에 백이 물었다.

"지금 무슨 말은 하는 것이냐?"

"혈고는 제거됐다. 그리고 어르신께서는 회복할 시간이 필요했지."

"대체 어떻게……."

"무애향로와 영약의 힘이다."

"그걸 네가 손에 넣었다고?"

"삼황초만 썼다면 이렇게 빨리 제거하지 못했겠지."

"그럼 왜 태극검제는 고통스러워한 것이냐?"

"혈고가 남아 있는 척을 해야 상대가 안심하는 것은 당연한 일이지. 그리고 지금 마음을 바꿨어. 너를 사로잡기로……. 갑자기 확인해야 할 게 생겼거든."

"나를 사로잡는다고? 혹시 그게 무엇을 의미하는지 알고 있나?"

"잘 모르겠는데!"

"그럼 지금부터 가르쳐 주지. 중요한 것은 이곳이 네놈의 무덤이 될 것이라는 점이다."

말을 마친 백은 뭔가 결심한 듯 눈을 감았다.

그러고는 부채에 내공을 불어 넣었다.

부채가 백색으로 빛나며 뼈대를 묶었던 끈이 먼지가 되어 사라졌다.

동시에 부채의 뼈대가 아래로 흘러내렸다.

촤르륵.

하지만 금속 뼈대는 흩어지지 않았다.

뼈대는 연결된 채 채찍처럼 쭉 늘어져 있었다.

백이 조용히 눈을 뜨며 말을 이었다.

"이 검은 백사검. 백경의 신물이지."

"흠, 내가 이기면 가져도 되나?"

한빈이 도발하듯 묻자 백이 고개를 저었다.

"그럴 일은 없을 것이네!"

"그건 검을 맞대 봐야 아는 일 아닌가?"

"이곳에서는 누구도 내 검 위에 있을 수 없네."

말을 마친 백의 몸에서 진기가 흘러나왔다.

정확히 말하면 강호인에게서 볼 수 있는 진기는 아니었다.

마치 백색의 호신강기가 그의 몸을 두르는 듯한 착각이 들었다.

온몸이 백색의 빛으로 휩싸인 듯한 광경에 무영을 비롯한 모두는 뒤쪽으로 한 발 물러났다.

백의 변화에 놀란 것이다.

백색의 호신강기라?

한빈이 눈을 가늘게 떴다.

전생에서도 못 봤던 수법이었다.

한빈은 마른침을 삼키며 백을 바라봤다.

이것은 분명히 백이 숨겨 둔 한 수였다.

백이 숨겨 둔 한 수를 꺼내 들게 만드는 것이 한빈의 마지막 계획이었다.

다른 이들은 백의 몸을 보고 경악에 물들었지만, 한빈만은 조용히 입꼬리를 올렸다.

한빈은 백의 마지막 한 수를 확인해야 했다.

앞으로도 백과 같은 자를 몇 명이나 만날지 모른다.

혈후와의 격돌에서 그녀는 백의 한 수를 조심하라고 했다.

그 얘기를 헛소리가 아니라고 생각한 것은 분명히 혈후도 모든 힘을 보여 주지 않았기 때문이다.

그래서 준비한 것이 이번 계획이었다.

정당한 승부가 아닌 백을 먹잇감 삼아서 몰아붙이는 것이었다.

사실 한빈은 태극검제를 조력자로 만들어서 협공을 펼치려 했다.

하지만 뜻하지 않게 일지대사의 사부인 무영까지 합류하게 된 것.

이제는 완벽하게 백이 숨겨 놓은 한 수를 볼 수 있을 것이다.

강호 속담에 적의 밑천을 알아야 털 수도 있는 법이라는 말이 있다.

지금 백은 그 밑천을 드러내고 있는 것이다.

백색의 호신강기가 점점 백의 몸을 덮었다.

그것도 잠시, 광폭한 기세가 점점 줄어들었다.

동시에 백색 호신강기로 물든 백의 신체에 일렁이는 점이 나타났다.

새로운 천급 구결이 나타난 것이다.

백색의 호신강기가 온몸을 덮고 천급 구결이 나타나기까지 걸린 시간은 그야말로 순식간이었다.

마지막 백의 밑천을 본 한빈은 고개를 갸웃했다.

그 모습이 너무 기괴하기 때문이었다.

백의 검은 눈동자가 사라졌다.

마치 눈을 까뒤집은 것처럼 흰자만 드러내고 있었다.

중요한 곳은 머리카락의 색도 변했다는 점이다.

거기에 더해 호신강기의 형태가 조금 이상했다.

일렁이는 구결처럼 호신강기도 물결치고 있었다.

백이 호신강기를 피워 낸 것이 아닌 외부에서 날아온 타인의 진기가 신체를 감싸고 있는 분위기였다.

마치 백의 신체 위에 다른 사람의 그림자를 덧댄 듯했다.

이것은 한빈이 알고 있는 호신강기의 범주를 아득히 뛰어넘는 수준이었다.

지금 눈앞의 백은 조금 전 무영과 일 합을 겨뤘던 자라고는 볼 수 없었다.

한빈은 무영과 태극검제를 힐끔 바라봤다.

순간 한빈의 눈이 커졌다.

무영과 태극검제의 눈빛이 전과는 달라졌기 때문이다.

이전에 피워 냈던 투심은 온데간데없이 사라지고 멍한 눈빛으로 백을 바라보고 있었다.

한빈이 내공을 담아서 손가락을 튕겼다.

딱!

무영과 태극검제가 눈을 크게 뜨더니 주위를 둘러봤다.

무영이 한빈을 보며 물었다.

"내가 얼마나 이러고 있었나?"

"오래되지 않았습니다. 섭혼술에라도 걸리신 건가요? 대사님."

"모르겠네. 잠시 정신을 잃었네."

옆을 보니 태극검제도 당황한 듯 검을 다시 들었다.

한빈을 뺀 두 명의 고수가 호신강기를 보고 정신을 잃다니?

한빈은 상황이 이해되지 않았다.

그때 백이 천천히 움직였다.

백은 다른 이들은 신경도 쓰지 않고 한빈에게 다가왔다.

한빈은 태극검제와 무영에게 신호를 보냈다.

합을 맞추자는 뜻이었다.

뜻을 전한 한빈이 월아를 곧게 뻗었다.

'일촉즉발.'

구결십팔보와 전광석화는 미리 운용하고 있었고 일촉즉발만 더한 상황.

한빈이 백을 향해 날아갔다.

슝!

하나의 화살이 되어서 날아가는 한빈.

백의 뒤쪽에서는 태극검제와 무영이 움직이기 시작했다.

태극검제의 검과 무영의 황금빛 권기가 백의 등을 노렸다.

한빈은 고개를 갸웃했다.

월아가 백의 목전까지 도달했는데도 그는 미동도 하지 않았다.

이전의 백이 아니었다.

한빈은 일단 수법을 바꾸었다.

'성동격서.'

순간 목전으로 향하던 한빈의 검이 사라졌다.

한빈의 검이 다시 나타난 것은 천급 구결의 흔적이 있는 어깨.

태극검제와 무영도 마찬가지로 방향을 바꾸었다.

팡. 팡. 팡!

세 번의 파공성이 허공에서 울렸다.

순간 한빈의 눈이 커졌다.

분명히 백은 백사검을 움직이지 않았다.

그런데 한빈을 비롯한 나머지 두 고수의 일격을 다 막아
냈다.

백이 다시 움직였다.

터벅터벅.

한빈은 백의 모습을 더 유심히 관찰했다.

자세히 보니 백사검은 백색 호신강기와 합쳐져 모양이 변
해 있었다.

조금 전까지는 검의 모습이었다면 지금은 기다란 피리의
모습을 하고 있었다.

터벅터벅.

백이 천천히 걸어왔다.

그때 뒤쪽에서 현문까지 합류했다.

한빈은 태극검제를 치료한 뒤 백미랑에게 무애향로와 삼
황초 그리고 영약을 건넸다.

덕분에 현문도 몸을 회복해서 합류할 수 있었던 것.

백을 본 현문은 이를 부드득 갈았다.

사형인 태극검제를 인질로 자신을 중독시킨 백을 용서할
수 없었다.

한빈 덕에 깨달음을 얻었다고는 하나.

그는 무당제일의 사고뭉치였다.

백을 본 현문은 고삐 풀린 망아지가 될 수밖에 없었다.

콧김을 뿜어내며 백을 향해 달려들려는 현문의 소매를 태
극검제가 잡았다.

"사제, 잠시만 기다리게!"

"왜 그러십니까? 당장에 저놈을……."

"우리가 막을 수 있는 상대가 아니네. 사제는 당장 조사전
으로 달려가서 숨겨 놓은 보패를 가져오게."

"숨겨 놓은 보패라면, 혹시 사조님의 칠성검을 말씀하시는
겁니까?"

"그렇다네."

"그건 힘만 쥐어도 바스러지는……."

"일단 가져오게. 지금 저자는 조금 전에 봤던 자가 아닐세,
사제."

"그게 무슨 말씀입니까?"

"이곳에 신선이 내려왔네."

"신선이 강림이라도 했단 말입니까? 사형."

"맞네."

태극검제가 고개를 끄덕이며 백의 호신강기를 가리켰다.

백의 주변에 있는 백색의 기운은 호신강기가 아니었다.

그것은 백과는 다른 이의 형태를 하고 있었다.

자세히 보면 백이 들었던 백사검도 피리의 모습을 하고 있지 않은가?

무당파도 근본은 도교의 일파였다.

그것이 무엇을 의미하는지 모를 리 없었다.

도인에게 깨달음의 끝은 등선.

즉, 신선이 되는 길이다.

인간의 한계를 초월한 신선이 되는 것은 모두의 꿈이었다.

하지만 등선과는 조금 다른 개념을 목표로 하는 도인들도 있었다.

바로 강선(降仙)이라는 개념이다.

흔히 강신이라고 하는 단어와 비슷하다.

자신의 몸에 신선을 불러들이는 수법.

그것은 반선의 경지에만 이르러야 가능하다고 한다.

현세의 몸으로 선계의 신선을 불러들이면, 그것을 견딜 수 있는 자는 없으니 말이다.

태극검제가 봤을 때 백은 신선을 불러들인 것이 분명했다.

현문도 호신강기의 형상을 보고 느낀 바가 있는지 눈을 크게 떴다.

"설마, 저건 한상자라는 말씀입니까? 사형."

"그렇다네. 그 검에서 묘한 음율이 흘러나오는 것 같지 않나? 그리고…….”

태극검제는 목소리를 살짝 높였다.

마치 한빈에게 전하려는 듯 보였다.

서서히 다가오는 백을 본 한빈은 태극검제의 말에 귀를 기울였다.

한빈은 백이 숨겨 둔 한 수가 신선을 불러 강선의 상태가 되는 것임을 이제야 깨달았다.

태극검제가 말한 한상자는 도교의 팔선 중 한 명이었다.

성격은 자유분방하며 음주와 가무에 능한 신선.

유명한 학자 한유의 조카로 태어났다고 전해지는 한상자는, 스무 살 때 집을 나와 세상을 전전했다고 한다.

음주에 도박까지 좋아해서, 취하면 아무 곳에서나 사흘 동안 잠들었다고 하는 신선이었다.

한상자는 피리 부는 것을 좋아했다고 한다.

한상자의 피리 소리는 순식간에 꽃을 피우고 계절을 바꾸어 놓았다고 전해진다.

사실 그 말은 시간을 자유롭게 조종할 수 있다는 것이다.

자신의 일각과 백의 일각은 차원이 다른 개념이었다.

한빈이 검을 한번 뻗는 찰나의 시간이 백에게는 일각일 수도 있고 한 시진일 수도 있다는 말이었다.

만약 그게 사실이라면, 바로 전 합공에서 백은 검을 움직이지 않고 공격을 막아 낸 게 아니라는 것.

그저 그의 검이 너무 빨리 못 봤을 뿐이라는 이야기였다.

혈후가 말한 최후의 한 수가 이것이라면 말이 되었다.

그리고 백의 선주들이 모두 이런 강선의 수법을 쓸 수 있다면?

하지만 말이 되지 않는 것이 하나 있었다.

이런 수법을 쓸 줄 안다면 혈후가 왜 자신과 협상을 했겠는가?

그리고 지금 백은 왜 천천히 자신에게 다가오겠는가?

거기까지 떠올린 한빈은 모두에게 외쳤다.

"모두 떨어지십시오!"

"알았네."

태극검제가 무영의 소매를 잡고 재빨리 뒤쪽으로 물러났다.

현문은 태극검제의 지시로 조사전으로 향한 지 오래.

한빈은 조용히 백의 상태를 바라봤다.

백은 아직도 한빈을 향해 천천히 걸어오고 있었다.

시간을 마음대로 쓸 수 있다면, 자신의 목은 이미 떨어져 나갔어야 정상이었다.

그렇다면 가능성은 하나였다.

시간을 조종하는 것은 아주 좁은 범위만 가능하다는 가설이다.

그리고 강선의 능력을 사용하기 위해서는 말도 안 되는 대가를 치러야 하고 말이다.

이제는 자신의 가설을 시험해 볼 때였다.

한빈은 품에서 철전 한 닢을 꺼냈다.

그러고는 백을 향해서 던졌다.

휙.

물론 백발백중의 수법으로 천급 구결의 흔적을 향해 날린 것이다.

철전이 빠른 속도로 호신강기를 파고든다.

한빈은 재빨리 안력을 돋궜다.

어느 순간 철전의 움직임이 느려진다.

대신 백의 백사검이 꿈틀했다.

동시에 철전이 바닥에 떨어졌다.

바닥에 떨어진 철전은 구슬처럼 잘게 썰려 있었다.

한빈은 눈이 아닌 느낌으로 이 상황을 알 수 있었다.

사실, 눈으로 좇기에는 백의 움직임이 너무 빨랐다.

아마도 백은 철전을 반으로 먼저 갈랐을 것이다.

반으로 철전을 가른 백은 다시 한번 철전을 토막 냈다.

그 토막이 흩어지기도 전에 백은 다시 그것을 반 토막 냈다.

철전이 구슬처럼 잘게 토막 나려면 몇 번이나 검을 그어야 할까?

사실 계산도 되지 않았다.

백이 가져온 팔선 한상자의 능력에 제약이 있다는 것이 다행이었다.

백의 간격에 들어가는 순간 그의 시간은 한없이 느려진다.

그 간격은 그리 넓지 않고 말이다.

이것이 바로 철전을 던져 증명한 사실이었다.

그의 공간 안에 들어간다면 저 철전처럼 가루가 될 수 있었다.

이번에 한빈은 또 다른 제약이 있다는 것을 얼핏 알아차렸다.

바로 누가 주도권을 쥐고 있느냐는 점이었다.

백이라면 저리 천천히 걸어오지 않았을 것이다.

지금 천천히 다가오는 모습은 호기심 많은 장난꾸러기의 모습과도 같았다.

전설 속에 그려지는 한상자의 모습이었다.

한빈을 공격하려는 백의 정신과 호기심으로 가득 찬 한상자의 모습이 공존한다는 것이다.

일단 가설을 세운 한빈은 재빨리 모두에게 눈짓했다.

일단 위험하니 몸을 피하라는 신호였다.

사실 백은 맞서 싸우려고 한다면 세상에서 다시 없을 적이었다.

소위 말하는 무쌍(無雙).

대적할 자가 없다는 말이었다.

생각해 보면 맨손으로 백을 공격했던 무영의 이전 동작은 너무 무모했다.

백이 온전히 신체를 지배하고 있었다면 무영은 한쪽 팔을 잃었을 것이 분명했다.

한빈은 눈을 가늘게 뜨고 고민했다.

이제는 두 가지 의문이 남았다.

저 상태를 얼마나 유지할 수 있을까?

저 상태를 계속 유지하지 못한다면 이대로 시간을 끌면 된다.

두 번째 의문은 언제까지 저렇게 백과 한상자의 영혼이 공존하는 상태가 되느냐는 점이다.

만약에 백이 주도권을 찾는다면?

눈 깜짝할 사이에 자신의 목을 쳐 낼 것이 분명했다.

그때였다.

백의 걸음이 점점 빨라졌다.

터벅터벅.

백의 정신이 점점 몸을 지배하고 있다는 말이었다.

점점 간격이 가까워지자 한빈은 품에서 전낭 꾸러미를 꺼냈다.

백의 정신이 온전해지기 전에 능력의 범위를 알아보아야 했다.

어쩌면 지금이 백의 밑천을 확인할 마지막 기회일 수도 있었다.

한빈은 재빨리 모든 은전과 철전을 백에게 던졌다.

물론 백발백중의 효용을 실었다.

피. 피. 픽.

수십 개의 은전과 철전이 백을 향해서 날아갔다.

천급 구결의 흔적만이 아닌 백의 요혈 모두를 노린 공격이었다.

거기에 더해!

'성동격서.'

성동격서의 힘을 실었다.

백의 백색 호신강기에 철전이 가까워지자, 한빈은 용린검법의 초식을 펼쳤다.

'일목요연.'

일목요연은 상대의 무공을 분석해서 자신의 것으로 만드는 초식이다.

동시에 한빈은 안(眼)의 구결을 사용해 동체 시력을 높였다.

백의 마지막 한 수를 알아보기 위한 마지막 수단이었다.

그때 철전이 백의 호신강기 속으로 파고들었다.

피. 피. 픽.

호신강기 속으로 빨려 들어간 한빈의 철전이 다시 토막이

났다.

한빈은 일목요연과 안의 구결 덕분에, 흐릿하지만 철전의 상태를 확인해 볼 수 있었다.

이전처럼 잘게 썰리지는 않았다.

그냥 반 토막이 난 후 바닥에 떨어졌다.

툭. 툭.

마치 소나기 쏟아지듯 바닥에 떨어지는 철전 조각.

한빈은 슬그머니 입꼬리를 올렸다.

걱정하던 것처럼 무한히 시간을 조종하는 것은 아니었다.

미세하지만, 떨어지는 철전의 간격이 달랐기 때문이다.

그때였다.

한빈의 시야의 용린검법의 글귀가 나타났다.

[신선 한상자의 초식을 분석 중입니다.]

[절대시각(絶對時刻)은 잘게 쪼갠 시간을 늘릴 수 있습니다. 인간이 펼칠 수 없는 무공입니다.]

한빈은 고개를 끄덕였다.

신선의 무공을 인간이 펼칠 수 있다면 그건 그거대로 이상한 것이었다.

거기에 백이 신선의 무공을 펼칠 수 있는 것에는 한계가 있을 터.

한빈은 그의 한계와 한상자의 절대시각이 미치는 범위에 대한 파악을 마쳤다.

이제는 반격할 때였다.

여기서 가장 좋은 반격의 방법은 일단 튀는 것이다.

그 후 일정한 거리를 두고 백의 몸에서 한상자의 기운이 빠져나갈 때까지 기다리면 되었다.

한빈이 모두에게 외쳤다.

"모두 튀시죠! 그리고 무영 어르신은 백미랑을 부탁드립니다!"

"흠."

무영이 수염을 쓰다듬었다.

못마땅하다는 표정이었다.

한빈은 그 의미를 알고 있었다.

지금 무영은 투심(鬪心)이 활활 타오르는 상태였다.

그런데 여기서 줄행랑을 친다고?

하지만 뒤쪽에 있던 태극검제가 그의 소매를 잡아끌었다.

"대사님, 일단 팽 공자의 말을 듣는 것이 맞습니다. 챙길 거부터 챙기시지요."

태극검제가 구석에 있는 백미랑을 가리켰다.

당황한 상태로 굳은 백미랑.

백미랑은 지금 꼼짝도 할 수 없었다.

현문을 해독시킨 것도 어찌 보면 놀라운 일이었다.

하오문의 지부장으로 있으면서 그녀는 강호의 모든 희한한 일들을 알고 있다고 자부했다.

하지만 이번만큼은 아니었다.

아니, 생각해 보면 한빈을 만났을 때부터 자신이 알던 모든 상식이 뒤틀렸을 수도 있었다.

한빈이라는 사람 자체가 강호의 상식에서 벗어난 이니 말이다.

하오문의 신물, 만월이 선택한 진정한 주인.

물론 중간에 살짝 의심이 들 때도 있었다.

만월이 선택한 하오문의 진정한 주인치고는 가끔 너무 가벼워 보일 때가 있었다.

그녀는 그것이 착각이었다는 것을 오늘에야 알 수 있었다.

그런 행동 하나하나는 다른 이들의 눈을 속이기 위함일 것이다.

비범함을 드러내는 순간 강호의 이목이 쏠릴 테니 말이다.

그때 무영이 백미랑의 허리를 감쌌다.

"어멋."

백미랑이 살짝 놀란 듯 소리를 냈지만, 무영은 표정 하나 바뀌지 않았다.

무영은 백미랑을 여인이 아닌 무슨 짐짝 취급하는 것 같은 표정이었다.

무영은 타오르는 투심을 억지로 잠재우고 뒤쪽으로 빠졌다.

무려 이백 걸음이나 떨어진 곳에 가서야 무영은 걸음을 멈췄다.

무영은 백미랑을 내려놓고 타오르는 눈빛으로 아래를 바라봤다.

그것도 잠시, 무영은 조용히 고개를 돌렸다.

지금 무영이 있는 곳은 향로봉의 정자였다.

기둥 정자에 새겨진 눈금이 다시금 그의 눈에 들어왔다.

사실 무영은 그 눈금을 살짝 의심했었다.

하지만 지금은 눈금을 의심하지 않았다.

신선의 무공을 쓸 수 있는 자가 현세에 있다는 말은, 꿈과 현실의 경계도 언제든 허물어질 수 있다는 말이었다.

순간 무영의 눈에 희미하게나 백의 무공이 들어오기 시작했다.

정확히는 백의 무공이 아니라 주변을 덮고 있는 한상자의 기운이라고 봐야 했다.

무영은 잠시 눈을 감았다.

자신이 면벽 수도한 오십 년의 세월이 무상하게 느껴졌기 때문이다.

"색불이공공불이색(色不異空空不異色) 색즉시공공즉시색(色卽是

空空卽是色)이라…….”

무영은 반야심경에 나오는 구절을 읊었다.

그러고는 눈을 뜨고 다시 백을 바라봤다.

그때 무영의 몸에서 투심이 사그라졌다.

그 모습을 보던 백미랑은 침음을 삼켰다.

“흠, 중요할 때 무아지경에 드시다니…….”

백미랑은 어이가 없었다.

지금 있는 곳은 생사가 오가는 전쟁터였다.

무영은 전쟁터 한복판에서 무아지경에 빠진 것이나 다름
없었다.

여기에 무영을 지켜 줄 사람은 아무도 없었다.

백미랑은 자신이 먼지 한 톨만큼의 존재감도 없다는 것을
깨달았다.

만약에 백이 이곳에 온다면?

기껏해야 도망칠 수밖에 없었다.

아니, 도망치지 못할 수도 있었다.

이곳까지 줄행랑치는 것도 무영 대사의 도움을 받았으니
까.

백미랑은 할 수 없이 품속을 뒤졌다.

품에서 몇 가지 물품을 꺼내더니 동서남북으로 배치했다.

바로 하오문의 비기인 은둔진을 펼친 것이다.

물론 백이 다가오는 순간 진은 녹아내릴 것이 분명했다.

말은 비기라고 했지만, 이곳에서 펼쳐지는 대결 속에서는 먼지에 불과하니 말이다.

한빈과 백의 간격은 점점 가까워졌다.

한빈은 백의 일거수일투족을 살폈다.

처음 백은 신선 한상자의 기운을 통제하지 못했던 것 같았다.

그런데 그 기운에 익숙해지자, 점점 이성을 찾고 보법을 펼치기 시작했다.

신선의 무공을 펼치면서 자신의 의지대로 행동할 수 있는 백.

한빈은 살짝 소름이 끼쳤다.

하지만 지금 상황은 주사위를 던진 후였다.

이 판에서 큰 숫자가 나오길 바라는 수밖에 없었다.

백은 신선의 기운을 얼마나 담을 수 있을까?

그때였다.

백이 한빈의 눈앞에 나타났다.

스르륵.

원래 백의 경공술에 신선의 기운을 덧붙이자, 구걸십팔보를 능가하는 속도가 된 것이다.

한빈은 재빨리 발을 굴렀다.

쿵.

순간 바닥이 흔들린다.

그 상태에서 한빈은 뒤로 물러났다.

백은 살짝 움찔했다.

정신이 어느 정도 돌아오자 한빈의 암습에 반응한 것이다.

하지만 아무 일도 일어나지 않았다.

덕분에 한빈은 간격을 벌릴 수 있었다.

한빈이 주변을 빙글빙글 돌며 백의 추격을 따돌렸다.

그것도 잠시, 백은 눈 깜짝할 사이에 다시 한빈에게 따라붙었다.

백의 백사검이 한빈의 등에 닿으려 할 때였다.

한빈이 다시 발을 굴렀다.

쿵.

동시에 백의 신형이 사라졌다.

한빈은 한숨을 내쉬었다.

"휴."

그때 태극검제가 한빈의 옆으로 다가왔다.

"괜찮은가? 대체 무슨 수법을 부린 것인가?"

"그냥 함정입니다."

"함정이라니?"

"제가 태극검제를 찾기 전에 주변에 혹시 몰라 함정을 만들어 놨습니다."

"그럼……."

"이곳에는 제법 숨겨진 공간이 많더군요. 아마도 무당 제자의 안전을 위해 만든 공간 같습니다. 제법 튼튼해서 금방 빠져나오지는 못할 겁니다."

한빈이 아래를 가리켰다.

한빈의 말은 모두 사실이었다.

아무리 급해도 만일의 일에 대비하는 것이 중요했다.

어쩌면 사실 백과의 일전은 예상할 수 있는 일이었다.

한빈은 만일의 사태에 대비해서 만들어 놓은 은신처를 함정으로 만들었다.

첫 번째 발을 굴렀을 때는 상대를 속이기 위한 것이었다.

작전은 성공이었다.

두 번째 발을 구르자 백은 가짜 함정이라고 생각하고 달려든 것이다.

그때였다.

갑자기 바닥이 들썩이기 시작했다.

드드득.

마치 지진이라도 난 것 같았다.

함정에 빠진 백이 단단한 천장을 뚫고 있는 것이 분명했다.

태극검제도 어이없다는 듯 한숨을 내쉬었다.

"휴. 이제는 삼존의 허명을 벗어던져야 하겠군."

"그러실 필요는 없을 것 같습니다. 상대는 사람이 아니지 않습니까?"

"허허……."

헛웃음을 흘리던 태극검제가 고개를 돌렸다.

그곳에서는 현문이 달려오고 있었다.

현문의 오른손에는 비단 천으로 둘둘 말린 검 하나가 있었다.

아마도 그 검이 칠성검인 것 같았다.

무당 최고의 보패.

사실 도가에서 보패는 신병이기와도 같은 존재였다.

보패란 신력이 담긴 신물을 말한다.

말은 그렇지만, 저 보패는 무당의 중요한 행사에서 쓰이는 상징적인 물건이었다.

마치 한 국가의 옥새와도 같은 물건.

옥새를 틀어쥐고 검을 상대할 수 있을까?

그것은 불가능한 일었다.

수십만 대군을 움직일 수 있긴 해도, 옥새는 무기가 아니었다.

칠성검도 마찬가지다.

태극검제는 현문이 가져온 칠성검을 조심스럽게 살폈다.

한빈도 태극검제의 행동을 유심히 바라봤다.

생각해 보면 태극검제에게 묘안이 있을 듯싶었다.

상대는 반선이고 칠성검은 보패이니, 뭔가 방법이 있을 것 같았다.

그때 바닥이 갈라졌다.

쫙!

마치 판자 쪼개지듯 바닥이 둘로 갈라졌다.

그 모습에 한빈과 태극검제가 동시에 뒤쪽으로 물러났다.

태극검제는 칠성검을 움켜쥐고 호흡을 가다듬었다.

그 모습에 한빈이 물었다.

"무슨 수를 쓰시려고 그러십니까?"

"자, 받게!"

태극검제가 칠성검을 내밀었다.

순간 한빈의 눈이 커졌다.

"대체 이걸 제게 왜 주시는 겁니까?"

"보통 사람이 사용하게 되면 이건 그냥 목검에 불과하네."

"네, 제가 봐도 목검이 맞습니다."

"하지만 신선의 기운을 받아들일 수 있는 사람이 사용한다면 이건 둘도 없는 보패일세."

"그럴 수도 있겠지요. 저자처럼요."

한빈이 갈라진 바닥으로 나오는 백을 가리켰다.

그때 태극검제가 뒤로 몸을 날리며 외쳤다.

"그럼 부탁하네!"

"이걸로요?"

순간 백이 희미하게 웃음을 짓는 게 보였다.

한빈과 백의 거리는 불과 스무 걸음.

눈 깜짝할 사이면 검을 날릴 수 있는 간격이었다.

물론 그 간격이 일반 무인에게 해당하는 것은 아니었다.

한빈과 백이기에 가능한 공격 거리였다.

문제는 백이 완전하게 정신이 돌아온 것 같다는 점이었다.

한빈은 강선이 어떻게 진행되는지 완벽하게 이해했다.

처음에는 신선의 기운에 적응 못 해서 부자연스럽게 모이고, 그다음 시간이 지나야 신선의 기운을 완벽하게 이용할 수 있음이 분명했다.

그렇다고 초기에 공격하는 것은 불가능에 가깝다.

초기에는 백이 아닌 신선 한상자에 더 가까웠으니 말이다.

이제 선택은 두 가지였다.

첫째는 보패를 사용해서 백을 제압하는 것이고, 둘째는 같이 이 자리에서 튀는 것이다.

한빈은 힐끔 칠성검을 바라봤다.

그러고는 바로 고개를 흔들었다.

사용 방법을 모르는데 어찌 백을 제압하겠는가?

그러니 이 자리에서 피하는 것이 맞았다.

그때, 눈 깜짝할 사이에 백이 한빈을 향해 돌진했다.

동시에 태극검제가 외쳤다.

"일곱 걸음을 다 익혔다고 하지 않았나?"

그 외침에 한빈이 용린검법을 확인했다.

태극검제가 말한 일곱 걸음이 바로 천라신선보이기 때문
이다.

한빈은 용린의 기운을 끌어올렸다.

어차피 밑천을 탈탈 털기로 한 이상, 끝까지 가 보는 것이
맞았다.

검향

　용린의 기운을 끌어올린 한빈은 재빨리 남은 내공을 확인
했다.

　남아 있는 경우의수를 계산해야 했기 때문이다.

　천라신선보는 하북에서 위상호와 대결하며 얻었던 무공이
었다.

　위상호조차 펼치지 못했던 무공.

　물론 전대 태극검제가 남긴 일곱 걸음과 천라신선보의 뜻
을 알고는 있지만, 몸이 버텨 내느냐 하는 것이 관건이었다.

　천라신선보를 펼치려면 백 년의 공력이 필요하다.

　거기에 더해 확인해야 할 것이 복의 구결이었다.

[복(復) : 오십일(五十一)]

회복을 나타내는 복의 구결이 반으로 줄어 있었다.

복의 구결이 필요한 이유는 천라신선보가 혈맥에 부담을 주기 때문이었다.

극성까지 펼칠 수는 있지만, 신체가 버티지 못하는 무공이었다.

반 정도는 그림의 떡이라는 말이었다.

한빈은 뒤쪽으로 물러나며 '대기만성'을 복의 구결에 적용했다.

순간 복의 구결이 서서히 늘어나기 시작했다.

이제 준비는 끝났다.

한빈은 조용히 첫걸음을 디뎠다.

순간 한빈의 체내에 남아 있는 공력이 바람처럼 사라졌다.

대신에 용린의 기운이 다리에서 휘몰아치기 시작했다.

휘휘휭.

머릿속에서 바람 소리가 들리는 것같이 용린의 기운이 몰아쳤다.

순간 한빈의 눈이 커졌다.

칠성검에 희미하지만 백색의 광채가 맺혔기 때문이다.

달려들던 백도 눈을 크게 떴다.

칠성검에 맺힌 기운에 놀란 것이다.

칠성검에 맺힌 백색 기운은 백을 감싸고 있는 신선 한상자의 기운과 다를 바 없었다.

한빈은 다시 한 걸음 다가갔다.

칠성검의 맺힌 백색 기운이 한빈의 팔을 살짝 덮었다.

순간 한빈은 구름 위를 걷는 듯한 착각이 들었다.

전에 천라신선보를 펼쳤을 때도 느꼈던 기분이었다.

한빈이 다시 한 걸음 나아갔다.

이제 세 걸음째였다.

순간 백색의 기운이 한빈의 어깨까지 도달했다.

반대편에 있던 백이 놀란 듯 물었다.

"너도 반선이더냐?"

질문을 던진 것을 보면 완전히 정신이 돌아온 것 같았다.

한빈이 피식 웃었다.

"반선이라? 그런 건 모른다. 그런데 한 가지 아는 게 있지."

"그게 뭐지?"

"나는 너를 잡으러 온 저승사자라는 거."

"혓바닥이 길구나."

"그만큼 내 검도 길지."

말을 마친 한빈은 다시 한 걸음을 걸어갔다.

사실 여기부터는 한빈에게 한계였다.

용린의 기운이 얼마나 혈맥 안을 빨리 누비는지 현기증이

날 정도였다.

억센 기운이 혈맥을 너덜거리게 만드는 것은 당연했다.

그때 백이 한빈에게 달려들었다.

서로의 간격 안에서 맞붙은 한빈과 백.

한빈은 이제 백의 백사검이 흐릿하게 보이기 시작했다.

그의 시간을 어느 정도 따라잡은 것이다.

한빈의 천라신선보는 한 걸음마다 속도가 배가되는 무공
이었다.

자신의 속도가 빨라진다는 것은 상대의 속도가 느려진다
는 말도 되었다.

하지만 아직은 부족했다.

한빈은 재빨리 복의 구결을 확인했다.

[복(復) : 사십(四十)]

얼마나 버틸 수 있을까?

둘의 검이 허공에서 맞부딪쳤다.

챙. 챙.

백색의 기운을 감싼 칠성검은 백의 백사검을 비교적 잘 막
아 내고 있었다.

물론 반은 몸으로 막고 있었다.

덕분에 상처는 하나둘씩 늘어나고 있었다.

어찌 보면 당연한 일이었다.

하지만 한빈은 입꼬리를 올렸다.

바로 고진감래의 효용 때문이었다.

고진감래는 적의 공격을 내공으로 축적한다.

한빈은 눈을 가늘게 뜨며 자신의 몸을 관찰했다.

그러고는 고개를 갸웃했다.

[복(復) : 삼십구(三十九)]

이상하게도 복의 구결이 줄어드는 속도가 현저히 떨어졌다.

한빈은 다시 한 걸음 걸었다.

이제 다섯 걸음째.

한빈은 묘한 감각을 느꼈다.

손에 든 칠성검의 무게가 달라졌다.

장삼봉 조사의 영혼이라도 들어와서 돕고 있는 것일까?

하지만 한빈은 그것이 아니라는 것을 깨달았다.

진짜로 칠성검이 희미해지고 있었다.

무당파의 신물이 점점 깎여 나가고 있다.

남들이 보면 속도가 빨라 분간할 수 없지만, 칠성검은 점점 얇아지고 있었다.

재미있는 것은 칠성검이 깎이는 이유가 백사검 때문이 아니라는 점이다.

그냥 저절로 칠성검이 얇아지고 있었다.

그 상태에서 용케 백의 백사검에 맞서 버티고 있었다.

한빈은 여기서 한 가지 가설을 세울 수 있었다.

한빈의 몸에 칠성검을 흡수되는 것은 아닐까 하는 생각이었다.

칠성검에 맺힌 백의 기운이 몸 안으로 스며들어 혈맥을 보호해 주는 것만 같았다.

그 결과 복의 구결이 줄어드는 속도가 느려졌고 말이다.

백색의 기운은 점점 강해지지만, 칠성검 자체는 점점 깎여 나가는 이상한 상황.

어찌 보면 얼음이 냉기를 뿜어낼수록 그 크기는 작아지는 원리와도 비슷했다.

한빈은 이 가설을 시험해 보기로 했다.

한빈은 한 걸음 더 걸었다.

이제 여섯 걸음째.

한빈의 검이 백의 시간을 거의 따라잡았다.

한빈은 힐끔 구결을 확인했다.

[복(復) : 삼십팔(三十八)]

구결의 감소는 이제는 거의 멈춰 있었다.

걸으면 걸을수록 칠성검으로부터 받는 기운이 강해졌다.

거기에 더해 그 기운은 체내에 흡수되어 혈맥을 보호하는 것이 분명했다.

혈맥에 갑옷을 덧입히는 것이라고 보면 되었다.

순간 백의 눈빛이 살짝 떨렸다.

그는 한상자의 힘을 내려받았다.

시간을 잘게 쪼개 자신의 것으로 만드는 게 핵심이었다.

이 선법에도 문제는 있었다.

바로 자신의 몸이 신선이 아니라는 점이다.

신선이 아닌 이상 모든 힘을 받아들일 수는 없었다.

모든 힘을 받아들이는 순간 자신은 자신이 아니게 된다.

즉, 자신이 아닌 한상자 자체가 된다는 것이다.

그렇게 되면 주변 상황도 현세에 강림한 한상자의 영혼에 맡겨야 한다.

그것은 백이 원하는 일이 아니었다.

신선의 힘을 사용해서 상대를 완벽하게 억누르고, 그 대가로 이곳에 있는 모든 이를 노예로 만드는 것.

그것이 바로 백의 목표였다.

사실 이번 일을 조금 서두른 감도 없잖아 있었다.

원래대로라면 이 모든 계획은 오 년 뒤에 일어날 일이었다.

하지만 쥐새끼 한 마리가 끼어드는 바람에 마음이 급해졌다.

정확히는 감정이 조절되지 않았다.

그 쥐새끼는 바로 앞에 있었다.

문제는 생각보다 놈이 치밀하다는 점이었다.

함정에 빠진 듯하면서도 그것을 이용했다.

그래서 마지막에 빼 든 수가 바로 강선(降仙)이었다.

그런데 눈앞에 있는 쥐새끼가 자신과 똑같이 신선을 소환하다니, 미치고 팔딱 뛸 노릇이었다.

이것은 반선의 경지에 이르렀다고 자부하는 백이 처음 느끼는 감정이었다.

챙. 챙.

검이 맞닿는 소리가 귓가에 울렸다.

원래대로라면 이것은 승전고가 되어야 했다.

그런데 근소하게 앞설 뿐 승부는 나지 않았다.

백은 결심한 듯 입술을 잘근 씹었다.

한상자의 힘을 조금 더 받아들이기로 한 것이다.

신선의 힘을 더 받아들인다면 조금 전처럼 정신을 잃을 수도 있었지만, 그것만이 이 승부를 결정 지을 방법이었다.

결심한 백은 자신의 정수리로 일부 기운을 모았다.

순간 묘한 기억이 머릿속에 뒤섞였다.

바로 신선의 기억이었다.

순간 백의 검이 더욱 빨라졌다.

휙.

한빈은 갑자기 높인 상대의 속도에 눈을 크게 떴다.

그것도 잠시, 한빈은 재빨리 한 걸음 더 걸었다.

그때였다.

손에 든 칠성검이 스르르 사라졌다.

하지만 대결을 지켜보는 누구도 사라진 칠성검을 눈치채지 못했다.

한빈의 속도는 백의 시간을 따라잡았고 무림인의 한계를 벗어난 지 오래였다.

칠성검이 사라지자 한빈은 재빨리 월아를 다시 들었다.

월아를 들었지만, 백색의 기운은 그대로였다.

그 기운은 칠성검이 아닌 한빈의 몸에 들어온 기운이니, 무엇을 들든 마찬가지였다.

일곱 걸음을 내딛자 빨라졌던 백의 검을 다시 따라잡았다.

그렇다고 그의 시간을 완벽하게 따라잡은 것은 아니었다.

그저 죽지 않을 만큼 속도를 내고 있다는 말이었다.

윙.

귓가에 들려오는 검명이 이제는 새소리처럼 느껴지졌다.

과연 이 싸움은 언제 끝날까?

둘 중 한 명의 목이 떨어지거나 아니면 둘 중 하나가 지쳐서 나가떨어져야 끝날 것 같았다.

한빈이 생각하기에는 후자였다.

한빈도 철저하게 요혈만은 막고 있었다.

이제 복의 구결도 거의 떨어져 갔다.

백은 희미해진 정신을 억지로 다잡고 있었다.

백이 가장 당황스러운 것은 상대의 무공이 아니었다.

자신의 시간을 따라잡는 가공할 만한 속도가 놀랍긴 하지만, 그보다 더 놀라운 것은 상대가 쓰러지지 않는다는 점이었다.

요혈을 적중시키지는 못했지만, 수많은 상처를 상대에게 안겨 줬다.

그 상처 또한 얕지 않았다.

선혈이 낭자한 것을 보면 언제 쓰러져도 이상하지 않을 정도였다.

백은 조금 전부터 상대를 사로잡는 것을 포기했다.

사로잡아서 노예로 만드는 것은, 힘의 격차가 하늘과 땅차이일 때만 가능한 일이었다.

처음에는 상대와 자신의 힘을 천양지차라고 생각했다.

무당산의 계획을 세울 때도 상대의 힘이 아닌 명분이 중심이었다.

하지만 지금은 달랐다.

조금 과장해서 말하면 딱 백지장 하나의 차이였다.

백은 정신을 가다듬고 기억을 떠올려 봤다.

조사에 따르면 상대는 하북팽가의 사 공자가 분명했다.

하북팽가의 사 공자는 하북의 겁쟁이라 놀림을 받았던 인물이 분명했고 말이다.

그것이 세인들의 이목을 숨기는 일이라고 해도, 이해가 되지 않았다.

하북팽가는 저 정도의 인물을 키울 힘이 없었다.

그렇다면 정의맹이 키웠다는 것인데…….

그것도 이해할 수 없었다.

정의맹은 각 문파와 세가가 모인 단체였다.

그들이 자신의 이익을 버리고 인재를 키우기 위해서 같이 투자할 리는 없었다.

그렇다면 무림삼존?

그것도 가능성은 작았다.

평범한 강호인의 기준에서라면 고개를 끄덕이겠지만, 백이 보기에는 무림삼존마저 저런 인재를 키우기는 힘들었다.

여기까지 생각한 백은 눈을 크게 떴다.

단 하나 남은 것은 백경의 내부에서 키운 인물이라는 가정이었다.

그렇다면 모든 것이 이해가 되었다.

백경의 내부에서 키웠다는 것은, 오늘 이곳의 승자가 자신이 아닐지도 모른다는 말이었다.

백은 이를 악물고 자신의 진기를 정수리에 몰았다.

한상자의 기운을 더 받기 위해서였다.

순간 백의 눈빛이 한 번 반짝였다가 가라앉았다.

그와 더불어 백의 검이 더욱 빨라졌다.

빨라진 백의 검에, 한빈의 눈을 크게 떴다.

한빈은 백의 몸을 지배하고 있는 것이 인간이 아닌 신선이라는 느낌을 받았다.

눈빛이 조금 전과 달라졌기 때문이다.

한빈은 조용히 한 걸음을 더 내디뎠다.

하지만 변화는 없었다.

속도의 변화는 일곱 걸음까지였다.

칠성검에 서린 선기를 받아 혈맥을 보호하고 일곱 걸음을 걸었을 뿐, 한빈은 신선의 영혼을 받아들인 것이 아니었다.

상대는 신선 자체를 받아들인 강선의 상태.

이대로라면 이 승부는 끝이었다.

걱정도 잠시, 한빈은 고개를 갸웃했다.

상대가 요혈을 노리는 횟수가 현저히 줄어들었기 때문이다.

마치 검을 즐기는 듯 합을 맞추고 있었다.

마치 고양이가 쥐를 바로 죽이지 않고 가지고 노는 것처럼.

한빈은 조용히 자신의 품속을 바라봤다.

숨겨 둔 마지막 한 수를 지금 써야 하나 고민되어서였다.

그때였다.

백의 검이 바로 가슴을 노리고 들어왔다.

한빈은 재빨리 몸을 틀었다.

픽.

한빈의 어깨를 스치고 지나가는 백의 검.

몰아치는 검에 한빈은 살짝 뒤로 물러나야 했다.

사면초가의 위기였다.

한빈의 생각과는 다르게, 대결을 지켜보는 태극검제는 탄성을 터뜨렸다.

"허, 저럴 수가……."

"왜 그러십니까? 사형."

"저길 자세히 보게."

"무엇을 말입니까?"

"희미하게나마 팽 소협의 몸에서 신선의 모습이 보이지 않는가?"

"저는 보이지 않습니다."

현문은 고개를 저었다.

아무리 눈을 크게 뜨고 봐도 신선의 모습은 보이지 않았다.

대신에 백의 몸에서는 완벽하게 신선의 모습이 보였다.

그때 옆에서 불호가 들려왔다.

"무량수불……."

불호를 읊조리는 소리에 태극검제는 고개를 돌렸다.

고개를 돌려 보니 무영이 합장한 채 한빈과 백을 바라보고 있었다.

그런데 무영의 분위기가 조금 전과는 달라져 있었다.

마치 깨달음이라도 얻은 모습이었다.

이전과는 달리, 무영의 눈은 잔잔한 호수 같았다.

그는 둘의 대결을 보며 연신 고개를 끄덕였다.

태극검제가 조심스럽게 물었다.

"대사님은 저 대결이 보이십니까?"

"사람이 어찌 신선의 움직임을 볼 수 있겠소?"

무영은 아무렇지 않게 답했다.

무영의 말을 일정 부분 맞았다. 사람은 신선을 볼 수 없었다.

그러니 신선이 아니던가?

하지만 의문이 모두 해결된 것은 아니었다.

태극검제가 다시 물었다.

"그런데 왜 고개를 끄덕이십니까?"

"보이지는 않아도 향기가 느껴지오."

"무슨 향기가 느껴지십니까?"

"진한 검의 향기가 느껴지오."

마치 화두를 던지는 것처럼 환하게 웃는 무영.

태극검제가 눈을 가늘게 떴다.

"흠, 검의 향기라니요?"

"저기 있는 백이라는 자에게서는 신선의 향기가 느껴지고…… 팽 소협의 검에서는 사람의 향기가 느껴지오."

"그렇다면 승부는……"

태극검제의 눈빛이 살짝 떨렸다.

한쪽은 신선이고 한쪽은 사람이라면 승부의 향방은 뻔했다.

즉, 한빈이 질 수밖에 없다는 말이었다.

그때 무영이 말을 이었다.

"신선이라고 다 같은 신선이 아니고…… 사람이라고 다 같은 사람이 아니지 않소, 태극검제."

다시 웃는 무영.

태극검제는 고개를 끄덕였다.

사실 지금의 승부는 자신도 예측할 수 없었다.

문제는 이 승부가 무림의 앞날을 바꿔 놓을 수도 있다는 점이었다.

그런데 이런 한가한 소리나 하고 있다니!

그것도 잠시, 태극검제는 고개를 갸웃했다.

무영에게 풍기는 은은한 기세 때문이었다.

기세라고 하기보다는 분위기였다.

순간 태극검제는 눈을 크게 떴다.

무영은 깨달음을 얻은 것이 분명했다.

그때였다.

백과 한빈의 검이 멈췄다.

마치 둘이 검을 맞대고 바라보고 있는 것처럼 보였다.

둘이 정지한 듯 보이는 것은 사실이었다.

한빈의 눈에도 백사검이 정지한 듯 보였기 때문이다.

신선의 기운을 완전히 받아들인 백에게 근접할 수 없었다.

하지만 그의 백사검은 한빈의 몸 여기저기를 긁고 있었다.

동시에 한빈은 검을 백에게 들이밀었다.

사실 지금은 백이라고 볼 수 없었다.

선계에서 강림한 팔선 한상자라고 보아야 했다.

한빈은 이를 악물고 적의 공격을 받았다.

상처 입은 살갗에서는 피가 흘러나오지만, 지금은 공격할 때가 아니었다.

한빈이 기다리고 있는 것은 고진감래의 효과였다.

한빈은 고진감래의 효용으로 적의 기운을 축적하고 있는 상태였다.

고진감래로 축적한 기운은 대부분이 백의 기운.

어찌 보면 지금은 쓸모없는 기운이라는 말이었다.

지금 상대는 백이 아닌 한상자라고 봐야 하기에.

사람의 힘을 축적한 것으로는 한상자를 대적하기 힘들었다.

그나마 지금 한빈이 견딜 수 있는 것은 한상자가 사정을 어느 정도 봐주고 있기 때문이라고 봐야 했다.

팔선 중 한상자는 괴팍한 인물로 정평이 나 있었다.

선계에 가서도 그 성정이 변하지는 않았을 터.

상대의 실력의 끝을 본다면 가차 없이 목을 쳐 낼 신선이었다.

아니나 다를까.

백의 눈빛이 살짝 변했다.

이제는 귀찮다는 표정이었다.

한빈은 재빨리 용린검법의 초식을 확인했다.

'역지사지.'

역지사지는 이화접목의 수법이었다.

적이 펼친 수법을 네 배로 돌려주는 용린검법의 초식.

한상자가 되어 버린 백에게 통할지는 의문이었다.

순간 백이 뒤쪽으로 한 걸음 물러났다.

그러더니 묘한 눈빛으로 한빈을 바라봤다.

한상자의 기운으로 온몸을 덮은 백이 다시 호기심을 느끼는 듯 백사검을 뻗었다.

이번에는 요혈도 상관없다는 듯 노리고 있었다.

천천히 뻗어 오는 백사검을 한빈은 선택적으로 막았다.

살은 내어 주더라도 중요 부위를 다치게 할 수는 없기 때문이다.

툭툭.

툭툭.

마치 꼬챙이로 고기를 찌르듯 백사검이 날아왔다.

한빈은 요혈을 노리는 공격을 제외하고는 최대한 몸으로 받았다.

한상자의 기운을 모을 필요가 있었기 때문이다.

사실 한빈이 느끼기에 한 가지 아쉬운 점이 있었다.

칠성검을 쥐었을 때 은근히 장삼봉의 영혼이 강선하지 않을까도 기대했었던 것.

하지만 그것은 기대로만 끝났다.

칠성검은 신선의 기운을 한빈의 몸에 남긴 채 사라졌기 때문이다.

물론 어찌 보면 그것만으로도 감지덕지했다.

덕분에 일곱 걸음을 걸어서, 지금 백의 검을 어느 정도 막아 내고 있으니 말이다.

이제는 복의 구결도 거의 바닥을 드러냈다.

그나마 복의 구결이 상처를 어느 정도 회복시키기에 숨이 붙어 있는 것이라고 봐야 했다.

휙. 휙.

백의 검이 다시 한빈의 볼을 긁고 지나갔다.

이제 모든 구결이 바닥을 보였다.

고진감래가 한상자의 기운을 얼마나 모았는지 알 수 없었다.

하지만 더 기다린다면 아마도 자신의 숨은 붙어 있지 않을 것 같았다.

한빈은 재빨리 고진감래로 쌓아 놓았던 기운을 검 끝에 모았다.

쌓인 기운이 얼마인지는 한빈도 알 수 없었다.

순간 한빈의 눈이 커졌다.

검에 맺힌 백색의 기운이 끝없이 늘어났기 때문이다.

그때 백의 검이 한빈을 향해 날아왔다.

한빈은 자연스럽게 백의 검을 막았다.

탁.

두 검이 허공에서 얽혔다.

하지만 이전과는 다른 점이 있었다.

한빈도 백도 더는 움직이지 않았다.

너무 빨라서 움직이지 않는 것처럼 보인 것이 아니었다.

마치 자철석처럼 둘의 검이 허공에서 딱 붙은 것이었다.

정확히는 기운이 허공에서 얽혔다고 봐야 했다.

실타래처럼 얽힌 기운은 풀릴 줄 몰랐다.

그도 그럴 것이, 한빈이 발출한 기운은 꽤 복잡했다.

백에게서 받은 기운의 일부.

그리고 한상자라는 신선의 기운.

거기에 더해 칠성검 속에 있던 장삼봉 조사의 기운까지 섞여 있었다.

그 기운이 상대와 만나자 중간에서 얽힌 것이다.

문제는 한빈의 검에서는 아직도 축적된 기운이 발출되고 있다는 점이었다.

한빈이 고진감래로 모아 둔 양은 생각보다 많았다.

한빈이 예상한 수준을 웃돌았다.

조금만 더, 조금만 더, 하면서 버틴 한빈의 의지 덕분에 상상도 하지 못할 한상자의 기운을 모을 수 있게 된 것이다.

한빈과 백의 검 사이에서 백색의 기운이 돼지 오줌보처럼 부풀어 놀랐다.

우우웅.

공명음을 내며 부풀어 오르는 기운에, 한빈은 이를 악물었다.

그만큼 지금의 기운은 상상을 초월하고 있었다.

재미있는 것은 그 기운에 한상자의 영혼도 달아나 버렸다는 점이었다.

백도 이제는 정신을 차린 듯 눈을 크게 떴다.

정신이 들고 보니 상대와 검을 맞대고 있었다.

거기까지는 좋았으나, 문제는 자신의 모든 기운이 검을 통해 상대에게 흘러 들어가고 있다는 점이었다.

백도 상황이 잘못되어 가고 있다는 것을 눈치챘다.

아니, 자신이 아닌 다른 누가 봐도 잘못된 상황이었다.

평생 모은 진기는 상대를 터뜨릴 뿐 아니라 자신까지 해할 테니 말이다.

백은 진기의 방향을 틀기 위해 심법을 펼쳤다.

하지만 진기의 방향은 바뀌지 않았다.

계속 상대에게 흘러 들어가고 있었다.

그것도 잠시, 백은 눈을 크게 떴다.

자신의 진기가 상대에게 흘러 들어가는 것이 아니라는 사실을 알았기 때문이다.

상대와 자신의 진기가 중간에서 만난 상태에서 부풀어 오르고 있었다.

대체…….

백은 정신이 아득해졌다.

반선의 경지에 오르기 위해 자신이 바친 것이 얼마던가?

자신의 청춘뿐 아니라 다른 이들의 목숨까지 아무렇지 않게 바쳤다.

그렇게 올라온 자리가 여기였다.

그런데 쥐새끼 하나 때문에 모든 것이 허물어지다니!

순간 백은 눈을 가늘게 떴다.

생각해 보니 상대방의 공력은 한정적이었다.

하지만 백의 공력은 한상자가 남기고 간 기운까지 더하면 무한대라고 봐야 했다.

그렇다면 여기서는 속도를 더해 이 싸움을 빨리 끝내는 게 맞았다.

서로 해를 입더라도 목숨이 붙어 있는 것은 자신일 테니 말이다.

백은 자신의 모든 힘을 검에 몰아넣었다.

기운의 방향을 바꾸는 것은 불가능했지만, 기운을 더욱 불어 넣는 것은 간단했다.

기존의 물줄기에 물을 한 바가지 더 넣으면 되는 일이니 말이다.

우우웅.

하나 그것도 잠시, 백은 고개를 갸웃했다.

자신이 몰아넣은 만큼 상대의 힘도 강해지다니.

백은 상대의 기운이 자신의 기운을 능가할지도 모른다고 생각했다.

"이게 대체……."

백은 혼잣말을 뱉었다.

백색의 기운이 상대를 집어삼켰기 때문이다.

그뿐이 아니었다.

백색의 기운은 점점 커져 나갔다.

백색이 백도 삼켰다.

점점 커지던 백색의 기운은 커다란 구체처럼 변했다.

이제 백은 백색의 기운 안에 갇혔다.

그의 몸은 그제야 움직이기 시작했다.

움직일 수 있는 건 자신만이 아니었다.

먼저 움직인 것은 상대였다.

한빈은 월아를 한 번 바닥에 털고 천천히 백을 향해 다가 갔다.

한곳에 모인 신선의 기운은 이상한 공간을 만들어 냈다.

정확히 표현하자면 기막과 흡사했다.

조금 다른 것은 그 크기였다.

이것은 단순한 기막이 아닌 기의 장막이라고 봐야 했다.

거기에 이 안에서는 내공을 쓸 수 없었다.

그도 그럴 것이, 한빈과 백의 몸에 있는 기운을 모두 뽑아 만든 기의 장막이니 둘의 몸에 힘이 남아 있을 수 없었다.

한빈은 이 상황이 전혀 두렵지 않았다.

상대도 힘이 없고 자신도 힘이 없다면, 이것보다 공평한 상황은 없으니까.

천천히 백을 향해서 걸어가는 한빈.

그와 비교해 백은 뒤로 주춤주춤 물러났다.

그 모습에 한빈이 말했다.

"괜찮아. 나도 지금 내공이 한 방울도 남지 않았으니까. 서로 공평한 거지."

"일단 그만하고, 이 상황을 같이 벗어나는 것은 어떤가?"

백의 제안이었다.

한빈이 고개를 흔들었다.

"그보다는 우리의 승부부터 결말을 지어야 할 것 같은데?"

"너도 이 상황이 위험하다는 걸 알지 않느냐? 일단 멈춰라!"

"네 말대로 그만할까?"

"그러지."

말을 마친 백은 몰래 뒤쪽에서 단검 하나를 꺼냈다.

물론 상대가 보지 못하도록 말이다.

그도 애초에 화해할 마음은 없었다.

그때 백의 눈이 커졌다.

한빈이 한달음에 달려오고 있었다.

둘은 서로 내공이 없는 상태.

그저 이류 무사들과 같은 속도였다.

타다닥.

백이 검을 들었다.

백은 순간 눈을 크게 떴다.

자신의 백사검이 이처럼 무겁게 느껴진 적은 없었기 때문이다.

하지만 상대는 속도를 줄이지 않았다.

백에게 달려드는 한빈은 슬쩍 입꼬리를 올렸다.

사실 이런 개싸움에 한빈은 익숙했다.

전생의 귀검대주였을 때도 그랬고, 배신을 당해 쫓길 때도 그랬다.

내공 한 톨 남지 않아도 악으로 깡으로 적의 목덜미를 물어뜯었던 한빈이었다.

상황이 이상하기는 해도 백과의 악연은 이쯤에서 결판을 내야 했다.

더 중요한 것은 이상하게도 백의 몸에 천급 구결의 흔적이 남았다는 점이었다.

내공도 남지 않았는데 구결의 흔적이 보인다고?

여태까지 이런 적은 없었다.

한빈은 여기서 한 가지 가설을 세웠다.

자신과 상대는 아직 검을 맞대고 있다고 말이다.

그렇다면 이것은 무슨 상황일까?

천급 구결을 보며 다가가던 한빈이 코를 씰룩였다.

어디선가 낯선 향기가 풍겨 왔다.

그것은 비릿한 내음이었다.

한빈은 고개를 갸웃했다.

주변에서 풍기는 비릿한 향기는 피비린내와는 비슷하지만, 다른 향기였다.

과연 이 향기는 무엇일까?

순간 조금 전 태극검제와 무영의 대화가 떠올랐다.

무영은 자신과 백의 검을 보지는 못하지만, 검의 향기를 느낀다고 했다.

검향이라?

한빈은 그것이 추상적인 단어라고 생각했다.

말하자면 깨달음의 화두 같은…….

하지만 지금은 왠지 그것이 꽤 구체적인 단어일 것 같다는 생각이 들었다.

자신의 뒤쪽에서 풍겨 오는 냄새가 검향이라면?

백을 향하던 검 끝을 뒤로 돌렸다.

순간 백이 한빈을 향해 달려왔다.

숨겨 두었던 비수를 드러낸 채 말이다.

그 모습에도 한빈은 뒤쪽을 향해 검을 찔러 들어갔다.

검향이 풍기는 걸음과는 고작 다섯 걸음.

네 걸음.

세 걸음.

거리가 좁혀질수록 향기가 더욱 진해졌다.

이제 한 걸음!

순간 한빈의 등에 백의 비수가 꽂혔다.

마지막 남은 복의 구결이 사라졌다.

등에 비수가 꽂힌 한빈은 돌아보지 않았다.

이것은 이성적인 판단이 아닌 본능이었다.

한빈은 남은 힘을 쥐어짜 내어 그곳을 찔렀다.

창!

야무진 쇳소리가 울려 퍼졌다.

순간 한빈은 보았다.

신선의 두 형체가 서로 맞붙고 있는 것을 말이다.

한쪽은 백의 몸에 붙었던 한상자의 형태였다.

그리고 다른 한쪽에는 긴 수염의 도인이 미소 짓고 있었다.

그들의 형태는 구름과도 같아서 표정까지 구분하기는 쉽지 않았다.

한빈이 느낀 것은 그들의 모습이라고 하기보다는 감정에 가까웠다.

미소 짓는 긴 수염의 노인과는 달리, 한상자는 당황하며 고개를 흔들었다.

구름과도 같은 한상자의 몸이 좌우로 흔들렸다.

한빈은 한상자의 기운이 당황하는 이유를 알 수 있었다.

바로 한빈의 검이 그의 옆구리에 꽂혀 있었기 때문이다.

순간 한빈의 눈앞에 용린검법의 글귀가 나타났다.

[천외천급 구결입니다. 획득할 수 없습니다.]

한빈은 눈을 크게 떴다.

천외천급 구결은 처음 보는 구결이었다.

천급이 마지막인 줄 알았더니 천외천급이라니!

한빈도 예상치 못한 결과였다.

획득 못 한다는 글귀도 한빈은 이해할 수 있었다.

지금 한빈의 행동은 신선의 힘을 훔치는 행위였다.

가능할까?

글귀를 보면 분명히 가능했다.

문제는 자신의 그릇이 그 힘을 담을 수 있냐는 것이다.

천 근의 쇳덩이를 사기그릇 위에 옮겨 놓으면 어떻게 될까?

사기그릇은 당연히 가루가 될 수밖에 없다.

신선 한상자가 가지고 있던 천외천급 구결은 천 근의 쇳덩이고 한빈은 사기그릇이었다.

중요한 것은 다음 단계를 엿봤다는 점이었다.

그때였다.

등에서 느껴지는 통증이 더 심해졌다.

고개를 돌려 보니 백이 눈을 크게 뜨고 있었다.

백도 신선의 형상을 본 듯 보였다.

백은 한빈의 등에 비수를 꽂은 채 몸을 가볍게 떨고 있었다.

"어, 어떻게 이런 게 가능하지?"

신선 한상자에게 검을 꽂은 것을 말함이 분명했다.

한빈이 백을 보며 말했다.

"그보다 이 단검 좀 빼지. 아니, 내가 직접 빼는 게 좋겠네."

한빈은 비교적 자유로운 왼손으로 등에 꽂힌 비수를 빼내어 던졌다.

챙.

바닥에 뒹구는 비수.

이건 분명히 꿈은 아니었다.

그때였다.

갑자기 두 신선의 형태가 흔들리기 시작했다.

부르르.

그 진동은 점점 커졌다.

한빈은 이게 무엇을 뜻하는지 본능적으로 깨달았다.

거대한 산이 무너질 때 느껴지는 불안감.

현세에 강림했던 두 신선이 사라지고 있기 때문이다.

그들을 담아 두었던 형태가 사라지고 그 기운이 지금 터지려고 하는 것.

그 원리는 어찌 보면 간단했다.

화염을 가득 머금은 화산의 뚜껑이 열리는 것과 마찬가지였다.

심지어 두 신선의 기운은 화산에 담겨 있는 거대한 힘보다도 더 강렬했다.

순간 한빈은 재빨리 용린검법의 초식을 확인했다.

한빈이 용린검법을 확인하고 있을 때, 백은 뒤로 주춤주춤 물러났다.

백의 걸음걸이는 조금 이상했다.

마치 호랑이를 앞에 둔 토끼와도 같았다.

평소에는 날쌔게 산자락을 달릴 수 있지만, 호랑이의 기세에 눌린 토끼는 한 발을 움직이기도 힘들기 마련이었다.

백이 지금 그랬다.

주춤주춤 물러섰지만, 그 속도는 거북이보다도 더 느렸다.

한빈은 마지막 남은 힘을 짜내어 한 수를 펼쳤다.

'금의환향.'

순간 구결이 다시 채워진다.

거의 바닥을 드러냈던 복의 구결이 가득 차자 여기저기 흐르던 선혈이 멈추었다.

그때를 맞추어 두 신선의 기운이 일렁이기 시작했다.

그 기운 사이에서 소리가 들려왔다.

쩌저적.

한빈은 시간이 얼마 남지 않았음을 깨닫고 재빨리 기운 사이에서 자신의 검을 빼내었다.

쓱.

하지만 딸려 나온 건 검의 자루밖에 없었다.

월아의 검신은 일렁이는 기운 사이에 먹혀 버렸다.

한빈은 월아의 자루를 쥔 채 몸을 뒤쪽으로 젖히며 다시 용림검법의 초식을 펼쳤다.

'일촉즉발.'

'구결십팔보.'

'전광석화.'

누구를 공격하기 위한 초식이 아니었다.

이곳을 벗어나기 위한 초식이었다.

한빈은 물러서던 백까지 빠른 속도로 제쳤다.

이렇게 서두르는 이유는 하나였다.

튈 때는 확실히 튀어야 한다는 것이 한빈의 신념이었다.

어정쩡하게 눈치를 보면서 물러서면 그것은 화를 자초할 뿐이었다.

그때 꿍음이 울려 퍼졌다.

꾸아앙!

동시에 상상도 할 수 없는 기운이 쏟아져 나왔다.

그 기운 사이로 얼핏 반짝이는 물체도 보였다.

한빈은 그게 무엇인지 감을 잡았다.

바로 기운에 사로잡혔던 월아의 검신이었다.

그 검신이 조각나서 기운과 함께 쏟아지고 있다.

기운을 모두 빼앗긴 상태에서 금의환향으로 몸을 회복하긴 했지만, 이건 위기였다.

한빈은 재빨리 주변을 살폈다.

주변에서 숨을 곳이라고는 딱 한 군데밖에 없었다.

바로 백의 뒤쪽이었다.

한빈은 재빨리 백의 뒤쪽으로 숨었다.

한빈이 작게 속삭였다.

“너는 훌륭한 경쟁자이자……. 나의 훌륭한 방패였다, 백!”

“지금 무슨…….”

그때 백이 고개를 돌려 한빈을 바라봤다.

순간 한빈은 백의 몸통을 잡았다.

백을 진짜 방패처럼 쓴 것이었다.

그와 동시에 남은 두 신선의 기운이 주변을 휩쓸고 지나갔다.

모든 것은 순식간에 이루어진 일이었다.

쏴아악.

노도처럼 몰아치는 거대한 기운과 검신의 조각난 파편들이 한빈의 머리 위를 지나갔다.

한빈이 눈을 크게 떴다.

포기했던 글귀가 눈앞에 나타났기 때문이다.

[용안으로 구결을 확인합니다.]

[……]

똑같은 글귀가 연달아 이어졌다.

이게 어떻게 된 것일까?

한빈은 모든 일이 헛것이라는 생각이 들어, 조용히 고개를 들어 용린검법의 구결을 확인했다.

용린검법 속의 복(復)이 점점 깎여 나가고 있었다.

그 모습에 한빈은 안도의 한숨을 내쉬었다.

복의 구결이 줄어든다는 것은 몸이 축나고 있다는 뜻이었다.

저승이라면 복의 구결이 줄어들 일도 없는 법.

이로 미루어 보면 거대한 기의 폭발에서 살아남았다는 뜻이었다.

한빈과 백의 대결을 바라보던 태극검제는 눈을 크게 떴다.

감당할 수 없는 기운을 느꼈기 때문이다.

태극검제는 재빨리 호신강기의 범위를 넓혔다.

하지만 피부가 따끔거리는 것이, 호신강기가 백색의 기운을 못 막아 내고 있었다.

순간 무영이 태극검제와 현문의 앞에 섰다.

무영은 두 팔을 앞으로 곧게 뻗었다.

그의 손에서는 황금빛 광채가 줄기줄기 흘러나왔다.

광채의 줄기가 넓게 퍼져서 그들을 보호할 수 있는 장막을 만들어 냈다.

순간 태극검제가 놀란 듯 말했다.

"금강불괴."

"아직은 깨달음의 초입이오."

"헉."

태극검제의 눈이 화등잔만 하게 커졌다.

그것도 잠시, 태극검제가 말했다.

"대사님, 저 대결을……."

"아까도 말했듯이 신선의 대결에 어찌 인간이 끼겠소이까. 그저 우리는 바라만 볼 수밖에 없소."

"그럼 팽가의 사 공자는 어떻게 되는 겁니까?"

"모르겠소. 지금은 향기가 사라졌소."

"향기가 사라졌다면……."

태극검제는 말끝을 흐렸다.

향기가 사라졌다는 말을 죽음으로 이해한 것이다.

태극검제의 눈빛이 살짝 떨렸다.

그것도 잠시, 태극검제는 남을 걱정할 때가 아니라는 것을 깨달았다.

천지가 흔들릴 정도의 폭발음이 들려왔기 때문이다.

동시에 백색의 기운이 사방을 덮었다.

그뿐이 아니었다.

백색의 기운에는 정체불명의 암기도 섞여 있었다.

다행히도 그 암기는 무영이 펼친 호신강기를 뚫지 못했다.

투두둑.

마치 우의 위에 소나기가 쏟아지듯 암기와 백색의 기운은 호신강기를 뚫지 못하고 튕겨 나갔다.

거대한 기운이 사라진 것은 차 한 잔 마실 시간이 지나서였다.

주변의 나무들은 모두 잎사귀들이 다 뜯겨 앙상한 가지만 남겨 두었다.

태극검제는 한숨을 쉬었다.

"휴, 안타까운 일이군요."

"무엇이 안타깝단 말이오?"

무영이 묻자 태극검제가 백색의 기운이 휘몰아쳤던 곳을 가리키며 말을 이었다.

"하북팽가의 팽 소협을 말씀드리는 겁니다. 전대 태극검제는 팽 소협이 강호를 구할 인물이라고 하셨습니다."

"전대 태극검제라면?"

"네, 대사님의 친우분을 말씀드리는 겁니다."

"그 친구가 아직 살아 있소?"

"오래전 뵈었습니다. 제게 신선의 일곱 걸음을 남기고 가셨죠."

"흠."

"그런데 이렇게 허무하게 죽다니! 어쨌든 강호를 구했으니 제 사부님의 예언이 틀렸다고는 볼 수 없겠지요."

"살아 있소."

"그게 무슨 말씀입니까?"

"그 친구는 살아 있소."

"네, 제 사부님은 살아 있겠죠."

"내가 말하는 것은 팽가의 사 공자요."

"네?"

"나는 그의 앞날을 보았소. 정확히는 먼 미래의 그 친구와 만났다고 봐야 옳겠지만 말이오."

무영은 은은한 미소를 풍겼다.

그 미소에 태극검제도 더는 말을 걸지 못했다.

지금 풍기는 미소에서 부처의 광채가 흘러나오는 듯 보였다.

무영은 태극검제의 시선은 신경 쓰지 않고 격전이 이루어졌던 한복판을 바라보며 누군가를 기다렸다.

그 누군가는 당연히 한빈이었다.

무영은 오십 년 전 꾸었던 그 꿈속의 인물이 한빈이라고 굳게 믿고 있었다.

최근에 꾼 꿈도 물론 한빈이고 말이다.

물론 오십 년 전 꿈속의 한빈은 지금보다 더 훗날의 한빈이 분명했다.

그때 느꼈던 무위는 지금과는 비교도 안 되었으니 말이다.

무영은 그렇게 믿고 싶었다.

그래야 지금 한빈이 살아 돌아올 수 있으니까.

모두는 자리를 떠나지 않고 격전지를 바라보았다.

하지만 인기척은 느껴지지 않았다.

그때였다.

격전지 한복판에 위태롭게 버티고 있던 나무가 기울어졌다.

스르륵. 툭.

그 옆으로 신형 하나가 모습을 드러냈다.

붉은 무복.

아니 붉은 피부라고 해야 맞을 것 같았다.

그 사내의 상체는 온통 피로 덮여 있었다.

그 사내는 다른 핏덩이 하나를 질질 끌고 왔다.

누가 봐도 두려운 광경이 아닐 수 없었다.

그 사내가 오는 방향은 무영과 태극검제가 있는 곳이었다.

그를 본 무영이 환하게 웃었다.

피칠을 한 이는 분명히 한빈이었다.

태극검제도 그제야 표정을 풀었다.

어느새 그곳으로 온 백미랑이 재빨리 달려 나갔다.

"팽 공자님!"

달려 나간 백미랑은 자신의 소맷자락을 찢어 한빈의 상처를 감쌌다.

그 모습에 한빈이 말했다.

"그냥 이자나 돌봐 줘요, 백 소저."

"대체 이 사람은······."

백미랑이 아래를 내려다봤다.

한빈이 잡고 있던 사내의 소매를 백미랑에게 건넸다.

백미랑이 헛숨을 토해 냈다.

"헉."

"백이라는 친구입니다. 일단 물어볼 게 있으니 숨은 붙여 놓으세요. 남은 약이 있으면 지혈 좀 부탁드립니다."

한빈은 백미랑에게 백을 맡겨 놓은 뒤 천천히 무영에게 걸어갔다.

그러더니 어딘가를 바라봤다.

한빈의 모습은 무영과 태극검제가 보기에 조금 이상했다.

아무도 없는 허공을 보는 듯 보였기 때문이었다.

그때 한빈이 소리쳤다.

"어서 나오시지요!"

한빈의 외침에 태극검제가 고개를 갸웃했다.

"뒤쪽에서 기세가 느껴집니다."

"기세라고 했나?"

태극검제는 주변을 둘러봤다.

현문은 이해를 못 하겠다는 듯 다가와 한빈의 이마를 짚었다.

"팽 소협, 괜찮은 것인가?"

"저는 괜찮습니다."

"대체 누굴 보면서 나오라고 한 겐가?"

"이곳을 지켜보는 이들이 있습니다."

"대체 이곳에 누가 있다고……."

현문은 말을 잇지 못했다.

무영이 손을 들어 어딘가를 가리켰기 때문이다.

"바로 저곳이네."

"어르신도 느끼셨군요. 풍기는 기세로 봐서는 백경의 사람이 온 듯싶습니다."

"백경이라면……."

무영은 희미하게 웃으며 고개를 저었다.

그 의미를 한빈은 알고 있었다.

한빈이 보았을 때 무영은 한 단계 더 뛰어올랐다.

현 무림의 경지로는 추측할 수 없는 단계까지 오른 것이 분명했다.

아마도 백과 겨루어도 될 정도.

하지만 지금의 웃음은 자신감에서 나온 것이 아니었다.

지금 밖에서 풍기는 기세는 둘.

즉, 백경의 인물이 둘이나 왔다는 것이다.

백 하나도 이리 힘들게 꺾었는데 다 지친 상태에서 백경의 인물이 둘이나 온다고?

무영은 운명을 받아들이기로 한 것이다.

그는 희미한 웃음 끝에 입을 열었다.

"어서 가게."

"그게 무슨 말씀입니까?"

"여긴 내가 맡겠네. 자네는 살아야 하네."

"자, 잠시만요, 어르신. 지금 저보고 도망치라고 하는 겁니까?"

"자네는 여기서 죽을 사람이 아니네. 그러니 여기는 태극
검제와 내가 막을 것이야."

말을 마친 무영이 태극검제를 바라봤다.

태극검제 역시 의미심장한 표정으로 고개를 끄덕였다.

현문은 어디서 났는지 조용히 몽둥이를 들었다.

지금 대결을 보고 옛날의 본성이 스멀스멀 기어 나오기 시
작한 것이다.

그들의 모습에 한빈이 고개를 저었다.

"다들 진정하십시오. 저는 저들과 셈을 해야 할 것이 있습
니다."

한빈의 말이 끝났을 때였다.

갑자기 차가운 바람이 한빈의 귓불을 스쳤다.

한풍을 몰고 날아온 두 개의 신형.

무영과 태극검제가 한빈의 옆에 섰다.

동시에 두 개의 신형이 한빈을 마주 봤다.

한빈의 앞에 선 이는 두 명의 도인이었다.

중후해 보이는 사내와 중년의 여인이었다.

사내는 하얀색의 상의에 서생 모자를 쓰고 있었으며, 여인
은 백색의 화려한 복장에 하얀색 백옥으로 깎은 주판을 들고
있었다.

그중 서생 복장의 사내가 한 발 앞으로 나왔다.

"백경의 선주, 서준이라 하오."

"저는 하북팽가의 막내, 팽한빈이라고 합니다."

서준이 그에게 포권했다.

이어서 여인이 입을 열었다.

"저는 백경의 선주 백려라고 해요. 어디 보자……."

백려는 백옥으로 만든 주판을 들더니 알을 튕기기 시작했다.

난데없는 상황에 모두가 고개를 갸웃하고 있을 때, 백려가 말을 이었다.

"흠, 손해가 제법 크군요. 팽 공자 하나만으로는 부족할 것 같아요. 어디 보자……. 하북팽가에 무당 정도면 맞겠군요."

그 말에 태극검제가 끼어들었다.

"감히 무당을 능멸하려는 것이냐?"

"능멸이 아니라 계산하는 거죠. 백경의 손실은 중원의 손실이 아니에요. 무림의 손실이죠."

"지금 무림이라고 했느냐? 여기가 무림이다."

"세상을 너무 좁게 보시는군요, 태극검제!"

말을 마친 백려가 태극검제를 바라봤다.

순간 백려가 쥔 하얀색 주판에서 백색의 선기가 흘러나왔다.

백이 보여 줬던 백색의 기운과는 조금 달랐다.

백이 보여 주었던 한상자의 기운이 거칠었다고 한다면 지금 백려가 보여 준 한 수는 부드러웠다.

즉, 백려는 신선의 기운을 자유자재로 다룰 수 있는 인물이라는 말이었다.

그때 한빈이 끼어들었다.

한빈은 한 발 앞으로 나오더니 그녀의 주판을 낚아챘다.

백려는 순순히 자신의 주판을 내주었다.

그저 호기심만 잔뜩 품고 말이다.

갑작스러운 상황에 태극검제를 비롯한 모두는 서로 눈짓을 주고받았다.

백경이라는 정체불명의 세력이 오늘 강호에 모습을 드러냈다.

그것도 모자라서 두 명이나 더 나타난 상태.

그중 하나는 하북팽가니 무당파니 하면서 강호의 문파를 물건 취급 하고 있었다.

그 상황에서 한빈이 상대의 주판을 빼앗아 튕기는 모습은 아무리 생각해도 낯설었다.

모두의 시선에도 한빈은 아무렇지도 않게 계속 주판을 튕겼다.

툭. 툭.

한빈은 주판을 튕기는 데 굉장히 익숙해 보였다.

모두가 고개를 갸우뚱하고 있을 때, 한빈의 손이 멈췄다.

그때 백려가 빙긋 웃었다.

"시간을 벌었네요. 그 시간을 번다고 달라질 게 있나요?"

"시간을 번 게 아니라 저도 계산을 해 본 겁니다."

"무슨 계산을 했을까요?"

백려가 마치 어린아이를 바라보듯 쳐다봤다.

그 모습에 한빈이 빙긋 웃었다.

"백경이 강호에 끼친 피해를 계산했습니다."

"백경이 끼친 피해라? 재미있는 이야기를 하는군요."

"뭐, 재미있지는 않았습니다. 제법 피해가 커서요."

"피해라……."

"일단 십대세가 중 절반이 손해를 봤고 이곳 무당파의 피해만 해도……."

한빈은 입에 물레방아를 달아 놓은 듯 숨도 쉬지 않고 자기 생각을 늘어놓았다.

어찌나 빠른지 다른 누군가가 끼어들 틈이 없었다.

제법 긴 시간이 지나서야 한빈은 말을 멈췄다.

"……대충 여기까지입니다. 조금 더 있는데 그건 나중에 추가하려고 합니다."

"그래서 결과는요?"

"백경의 선주 하나!"

한빈이 손가락을 곧게 폈다.

순간 백려의 눈이 커졌다.

이전에는 볼 수 없었던 표정의 변화였다.

그때 가만히 있던 서준이라는 다른 선주가 나섰다.

"무엄하구나."

"무엄한 게 아니라 정확한 거죠."

한빈이 손가락 하나를 다시 폈다.

그러고는 말을 이었다.

"백경에서는 선쟁(船爭)에 타인을 끌어들이도록 허용하나요?"

"지금 선쟁이라고 했나?"

서준이 눈을 크게 뜨자 한빈이 고개를 끄덕였다.

"네, 그렇습니다."

한빈은 그들이 놀라는 이유를 알고 있었다.

선쟁이란 단어는 바로 누군가가 정당한 절차에 의해서 기존 선주에게 도전할 때 쓰는 말이었다.

그 단어를 안다는 것 자체도 놀라운 일.

서준이 다시 물었다.

"지금의 싸움이 선쟁이었다고 말하고 싶은 건가?"

"그렇습니다."

"누가 도전을 한 것인지 말해 줄 수 있겠나? 만약 지금까지 한 말이 헛소리라면 나는 자네를 용서할 수 없네."

"바로 접니다."

한빈이 검지를 곧게 펴서 자신을 가리켰다.

순간 서준의 눈이 꿈틀댔다.

당장이라도 한빈에게 손을 뻗을 분위기였다.

그때 백려가 서준을 말렸다.

"잠시만요. 이야기를 끝까지 들어 봐야 할 것 같아요."

"흠."

서준이 헛기침하자 백려가 손을 내밀었다.

그 모습에 한빈이 품속에서 백색의 물건을 꺼냈다.

바로 백륜이었다.

백륜을 받은 백려가 고개를 갸웃했다.

"중원인이 백륜을 가지고 있다니 놀랍군요. 어디 보자……."

백륜을 살피던 백려는 눈을 크게 떴다.

그 옆에 있던 서준도 놀란 듯 표정이 일그러졌다.

그도 그럴 것이, 이 백륜은 진짜였다.

진짜 백륜이라도 그 자체로는 아무 쓸모 없는 물건이었다.

선주 중 하나의 추천이 있어야 효용을 발휘하는 물건이 바로 백륜.

한빈은 백독문에서 혈후에게 백륜에 서명을 받았다.

서명을 받은 백륜을 지닌 자는 선주에 도전할 권리가 주어진다.

한빈이 백륜을 지니고 있다는 것은 선쟁에 참여할 수 있는 정당한 도전자라는 말이었다.

선쟁은 새로운 선주를 뽑는 과정.

대결은 기존 선주와 도전자의 일대일 생사결로 이루어진다.

그 과정에서 누구도 개입해서는 안 된다.

기존 선주나 도전자 모두 다른 사람을 대결에 이용해서는 안 된다.

한빈은 이 부분을 걸고넘어진 것이다.

한빈이 피해라고 했던 것은 둘 사이의 신성한 결투에 천하 십대세가와 무당파를 이용한 것을 말한다.

백려가 고개를 갸웃하며 물었다.

"당신이 백륜을 가지고 있는 도전자라는 걸 백이 알고 있었을까요?"

날카로운 질문이었다.

모르고 있었다면 아예 책임을 질 필요가 없다는 말이었다.

한빈은 빙긋 웃었다.

"내 신상이라면 사돈에 팔촌까지 모두 조사한 게 백입니다. 재미있게도 저를 위해서 함정까지 만들어 놨더군요. 지켜보고 계셨다면 아마 제 말이 무슨 뜻인지 아실 겁니다."

한빈은 어딘가를 가리켰다.

그곳은 뇌옥의 입구가 있는 폐품관이었다.

순간 백려와 서준이 서로를 마주 봤다.

그러고는 놀랍다는 듯 한빈을 바라봤다.

백려가 다시 말을 이었다.

"우리가 보고 있었다는 걸 어떻게 알았죠?"

"찍었습니다."

"……."

백려는 멍하니 한빈을 바라봤다.

제법 수련이 깊다고 자부하는 그녀였지만, 한빈과 말을 섞으니 묘하게 감정이 요동치는 것을 느꼈다.

그때였다.

서준이 한 발 앞으로 나왔다.

"그 백륜이 진짜라는 것을 어떻게 증명하겠나?"

갑작스러운 그의 태도에 옆에 있던 백려가 고개를 갸웃했다.

한빈은 그들의 대화 속에서 보이지 않은 끈을 발견했다.

백려는 계산을 하기 위해서 온 것이고.

서준은 이곳을 정리하기 위해서 온 것이라는 느낌을 받았다.

그리고 대화 도중 서준은 묘한 시선으로 백을 확인했다.

한빈은 그가 백의 후견인이라는 걸 눈치챘다.

한빈은 더는 말을 끌기 싫었다.

"계산은 끝났으니 이제 물러나 주시죠. 제가 새로운 선주입니다."

말을 마친 한빈은 백륜을 빼앗았다.

그러고는 허리 쪽에서 뭔가를 꺼냈다.

그것은 다시 부채 모양이 된 백사검이었다.

서준이 팔짱을 끼고 한빈을 바라봤다.

"흠."

못마땅한 눈빛이었다.

그때 백려가 백색 주판을 품속에 넣었다.

"저는 새로운 선주를 인정하겠어요. 당신도 절차에 따라 인정하시지요."

"나는……."

서준이 말끝을 흐렸다.

그러고는 자신의 두건을 풀었다.

두건을 풀자 그의 머리가 사방으로 흩어졌다.

보기에는 젊어 보였는데 머리는 완전한 백발이었다.

산발이 된 서준이 두건을 펼쳤다.

두건을 펼치자 백색의 채찍이 되었다.

서준은 그 채찍을 한빈에게 날렸다.

그때 한빈이 품에서 가죽 주머니 하나를 꺼냈다.

"그만."

한빈의 동작에 날아오던 서준의 채찍이 멈췄다.

주위를 돌아보던 한빈이 가죽 주머니를 더 높이 들었다.

가죽 주머니는 백이 태혈고로 위협할 때 쓰던 모양과 비슷해 보였다.

서준이 가죽 주머니를 보며 고개를 갸웃하자, 한빈이 말을 이었다.

"이 주머니 안에는 음고가 들어 있습니다. 이 음고를 터뜨리면 저자의 목숨은 끊기겠죠. 선쟁의 승자가 저이니, 목숨을 거둘 권리도 제게 있습니다."

말을 마친 한빈은 널브러진 백을 가리켰다.

순간 서준이 눈을 가늘게 떴다.

한빈의 말이 진실일까를 살피는 것 같았다.

하지만 한빈은 어깨를 으쓱할 뿐, 별다른 표정의 변화를 보이지 않았다.

사실 한빈은 가죽 주머니를 미리 쓸 수도 있었다.

하지만 가죽 주머니를 써서 승부에서 이겼다면 저들이 용납하지 않았을 터였다.

선쟁은 신성한 대결이니 말이다.

이제는 승부가 끝난 상황.

이 혈고를 쓴다고 해도 상관없었다.

그런 이유로 한빈은 혈고로 백의 후견인으로 보이는 서준을 위협하고 있었다.

한빈의 표정을 살피던 서준이 서서히 다가왔다.

"백경의 선주가 혈고에 당했다는 것을 믿으란 말이냐?"

그의 채찍이 다시 움직이자 한빈은 백을 바라보며 가죽 주머니를 움켜잡았다.

순간 비명이 울려 퍼졌다.

"악!"

그 비명은 백이 아닌 엉뚱한 곳에서 들려왔다.

비명은 바로 서준의 입에서 나왔다.

모두의 시선이 백경의 두 선주 쪽으로 돌아갔다.

백려가 미간을 좁히며 서준을 바라보았다.

서준도 비슷한 표정으로 백려를 바라보고 있었다.

한빈은 그들을 바라보며 눈매를 좁혔다.

무영은 한빈을 보며 턱짓했다.

해명을 요구하는 듯한 표정이었다.

하지만 한빈도 이 상황은 알 수 없었다.

사실 백이 혈고를 복용했는지 하는 점도 확신은 없었다.

이것은 초아의 희생을 전제로 한 조건이었다.

물론 한빈만의 생각은 아니었다.

쪽지를 통해서 초아와 충분히 의견 교환을 했었다.

작전의 내용은 간단했다.

백에게 혈고를 그냥 먹일 방법은 없었다.

백경으로 돌아간 초아가 한빈에게 받은 천산지룡의 내단을 건네는 것이었다.

물론 가짜였다.

그 가짜를 백은 바로 알아봤을 것이 분명했다.

여기서부터가 중요했다.

백은 반드시 초아의 배신을 알아차려야 했다.

배신을 알아챈 백은 초아의 소지품에서 진짜 천산지룡의 내단을 찾아냈을 것이고.

천산지룡의 내단을 복용하는 방법이 적혀 있는 쪽지까지 같이 발견할 것은 당연한 일이었다.

즉 백은 초아를 감금하고 천산지룡의 내단을 취할 것이 분명했다.

한빈은 백과의 대화에서 여기까지 진행되었다는 것은 확인했다.

배신자라는 것이 들킨 초아는 백경에 감금되어 있을 것이고 말이다.

이제부터는 추측이었다.

백은 천산지룡의 내단을 먹었을 터.

욕심 많은 백이 천산지룡의 내단을 그냥 둘 리는 없으니 말이다.

그리고 사실 그 내단은 진짜였다.

하지만 내단의 안에 구멍을 내어 혈고를 넣어 뒀다.

체내로 들어간 혈고는 천산지룡의 내단까지 흡수하며 단단히 자리를 잡는 것이 순서였다.

그런데 비명이 백이 아닌 서준이란 자의 입에서 나오다니!

이건 상상도 못 할 일이었다.

한빈은 백과 서준의 관계를 추측해 봤다.

둘 사이는 아마도 후견인의 관계일 듯싶었다.

가문으로 말하자면 아비와 아들에 버금가는?

아니면 문파의 사부와 제자?

그렇지 않고서야 정당한 선쟁임을 선포했는데 저리 달려들 수는 없었다.

한빈은 가죽 주머니를 살짝 움켜쥐었다.

아주 미세한 동작에 서준이 반응했다.

반반한 이마에 잡히는 팔자 주름이 바로 그 증거였다.

옆에 있는 백려라는 인물은 이 상황이 어찌 된 일인지 잘 모르는 것 같았다.

한빈은 그들의 앞으로 한 발 다가갔다.

"백려 선주께서는 이 선쟁이 정당하다는 것을 알고 계시죠?"

"그래요. 백륜에 묻어 있는 서명은 분명히 혈후의 것이 맞아요. 나는 이 선쟁의 결과를 인정해요. 여기 있는 서준 선주만 승낙한다면 그대를 백경의 십이 선주로 인정하겠어요."

말을 마친 백려는 서준을 바라봤다.

"……나도 좋소. 이번 선쟁의 정당성을 인정하는 바이오."

서준이 고개를 끄덕이자 백려가 말을 이었다.

"그럼 그대를 백경의 일원으로 받아들이겠어요."

"제가 뭘 하면 되죠?"

"삼 년에 한 번씩 북해의 만년설산에 들르시면 돼요. 그 회의에 참석하지 못하는 선주는 자격이 박탈되니까요. 그리고 보니 이번 회의는 반년밖에 남았네요. 그럼 이만……."

백려는 주판을 품속에 넣고 자리에서 사라졌다.

서준은 잠시 고민하더니 조용히 백을 향해 걸어갔다.

그는 백의 입에 단약 하나를 넣어 줬다.

숨 몇 번 쉴 시간이 지나자 백이 신음을 토해 냈다.

"음."

"괜찮으냐?"

서준이 묻자 백이 떨리는 목소리로 물었다.

"어, 어떻게 된 것입니까?"

"너는 선쟁에서 패했다."

"선쟁이라니, 그게 무슨 말씀입니까?"

"상대가 백륜을 지니고 있던 것을 몰랐더냐?"

"배, 백륜이라면?"

"우리가 찾던 백륜 말이다. 너는 이번 선쟁에서 졌을 뿐 아니라 대세를 읽지 못했다."

"후견인의 서명이 있어야 하지 않습니까? 백경에서 백륜에 서명할 이가 어디 있습니까?"

"혈후의 서명이 있었다."

"그 여우가 제 일을 그르치다니······."

"일을 그르친 것은 혈후가 아니라 너다."

말을 마친 서준은 백의 완맥을 잡았다.

아마도 치료하려는 것만 같았다.

서준의 손에서 백색의 기운이 백의 완맥을 타고 흘러 들어갔다.

백의 표정은 점점 평온해졌다.

그 모습을 보던 한빈이 눈을 가늘게 떴다.

치료 같지만, 저것은 치료가 아니었다.

서준이라는 선주는 기운을 백의 백회혈로 몰아넣고 있었다.

문제는 그 기운이 너무 거대하다는 점이었다.

겉보기에는 부드럽지만, 저 기운은 동정호를 다 덮을 정도로 거대했다.

기진맥진한 상태에서 저렇게 거대한 기운을, 다른 곳도 아닌 백회혈로 흘려보낸다고?

아니나 다를까.

백의 눈빛이 점점 흐리멍덩하게 변했다.

이대로 두면 죽거나 백치가 되거나, 둘 중 하나였다.

한빈도 이제는 선택해야 했다.

잠시 백과 서준을 번갈아 보던 한빈은 슬쩍 가죽 주머니를 쥐었다.

순간 백의 완맥을 쥔 서준이 손을 풀었다.

그와 동시에 한빈은 그에게 다가가며 기막을 펼쳤다.

지금부터의 일은 서준이란 자와 자신만 알아야 했기 때문이었다.

한빈의 행동에 서준은 당황한 듯 보였다.

움찔하며 어깨를 가늘게 떤 서준이 자리에서 일어났다.

"지금 무슨 짓을 하는 것인가?"

"그건 내가 묻고 싶은 말입니다. 지금 그대로 둔다면 백은 백치가 될 것이 분명합니다. 관계를 보니 동료 이상인 것 같은데, 대체 무슨 짓을 하시는 겁니까?"

"내가 준 생명이고 내가 준 기회이니, 거둬 가는 것도 내 책임이 아니겠나?"

조금은 오묘한 말이었다.

한빈은 서준이 백을 백경에 이끈 인물이라고 생각했다.

한빈은 서준의 말에서 한 가지 추측을 할 수 있었다.

백경도 강호와 마찬가지로 파벌이 있고 싸움이 존재한다는 것을 말이다.

그렇지 않고서야 세력을 키울 리는 없었다.

그의 말에 한빈이 빙긋 웃었다.

"그런데 지금 그는 제 물건입니다. 어떻게 하죠?"

"자네의 물건이라……."

"백은 강호에 막대한 피해를 줬습니다. 거기에 더해 선쟁의 규칙을 무시하고 저를 함정에 빠뜨렸고요."

"함정에 빠뜨렸다고? 지금 자네가 할 말은 아닌 듯싶네."

서준은 자신의 머리를 가리켰다.

아마도 머릿속에 든 혈고가 한빈의 짓임을 아는 것 같았다.

뭐, 모르는 게 이상했다.

가죽 주머니 속 혈고라는 칼자루를 한빈이 쥐고 있으니 말이다.

　대충 서준의 모습을 보면 혈고를 쉽게 제거할 수 없는 것 같았다.

　본래 태혈고는 내공이 강한 무인일수록 제거가 힘들었다.

　저 정도로 막대한 기운에 더해 천산지룡 내단의 힘까지 흡수한 태혈고라면?

　방법은 딱 하나였다.

　바로 천애향로와 삼황초로 치료하는 수밖에 없었다.

　즉, 그를 치료할 수 있는 것은 한빈밖에 없다는 말이었다.

　대충 눈치를 보니 백을 죽이고 직접 협상하려는 것이 분명했다.

　"함정이라니 전혀 모르겠군요. 일단 손을 멈추시고 잠시 얘기하시죠."

　"흠."

　"그 머릿속에 있는 혈고 말입니다. 천애향로가 없으면 치료할 수 없다고 알고 있습니다."

　"자네가 천애향로를 주면 원하는 것 하나를 내어 주지. 어떤가?"

　"일단은 그게 백의 목숨이 되어서는 안 될 것 같습니다."

　"흠."

　"백의 목숨은 아예 제 것이니 말입니다."

"그래, 인정하지."

"그럼 무엇을 내놓으시겠습니까?"

"세상에 둘도 없는 천고의 영약을 주겠네."

"거절합니다. 생각해 보십시오. 그런 천고의 영약을 가지신 분이 천산지룡의 내단을 드셨겠습니까?"

"……."

서준은 말을 잇지 못했다.

조그만 쥐인 줄 알았는데 인제 보니 늑대였다.

그는 백으로부터 팽한빈이란 인물을 보고받았었다.

같은 선주이긴 해도 백은 그의 제자였다.

서준은 팽한빈이란 인물의 모든 것을 알고 있다고 생각했다.

하지만 지금 대화를 나누어 보니 강호에 이런 인물이 있었음을 몰랐다는 것이 황당했다.

하는 행동을 보면 백경의 규율에 대해서도 대충 알고 있는 듯 보였다.

서준은 상대가 자신을 죽이지 않으리라는 것을 알고 있었다.

선쟁이 아닌 싸움은 인정하지 않으니 말이다.

그렇다고 칼자루를 놓지도 않았다.

교묘하게 약을 올리며 협상을 유리한 방향으로 틀고 있었다.

서준이 말했다.

"필요한 것을 말해 보시게."

"저는 백경의 비밀을 원합니다."

"비밀이라……. 나도 모르는 것을 달라 하는군. 자네도 알다시피 백경 자체가 비밀인 것을, 거기서 비밀을 또 내놓으라 하면 내가 어찌할 수 있겠는가?"

"그럼 평생 혈고를 달고 사셔야겠지요. 그건 백이 썼던 태혈고입니다. 태혈고는 강한 무인의 몸속일수록 금방 자라나죠. 아마도 반년 뒤가 한계일 겁니다."

"자네가 한 짓을 다른 선주가 두고 볼 것 같나?"

"제가 혈고를 드렸나요?"

"……."

"아니면 억지로 드시라고 했나요?"

"……."

"제가 누군가에게 준 것을 백이 빼앗았고, 그걸 또 윗선에 바친 거 아닌가요?"

"……알았네, 비밀을 말해 주지. 백경의 모든 비밀은 만년설산에 묻혀 있다네."

"네?"

이번에는 한빈이 눈을 크게 떴다.

상상도 할 수 없는 말이었다.

그 모습에 서준이 말을 이었다.

"자네는 강호가 장기판 같다고 생각한 적이 없었나? 강호는 장기판이고 문파는 장기짝일세."

"그럼 그것을 움직이는 자는요?"

"나는 아닐세. 거기까지일세."

말을 마친 서준은 눈을 감았다.

뭔가를 계산하고 있는 표정 같았다.

그러더니 눈을 뜬 서준이 손을 내밀었다.

비밀을 말한 대가를 달라는 것이다.

한빈은 품속에서 천애향로를 꺼냈다.

"여기 있습니다. 삼황초는 알아서 구하시고요."

"고맙네."

말을 마친 서준이 자리에서 떠났다.

백경이 인물들이 모두 사라지자, 여기저기서 한숨 소리가 흘러나왔다.

가장 먼저 달려온 것은 무영이었다.

"자네가 준 것이 무엇인가?"

"서준이라는 선주의 목줄이었습니다."

"흠, 괜찮겠나?"

"괜찮습니다."

한빈이 빙긋 웃을 때 옆에 다가온 백미랑이 고개를 갸웃했다.

"팽 공자님, 아까 제게 줬던 천애향로가 진짜 아니었나요?

이 향로로 모두를 치료했잖아요."

"쉿."

한빈이 눈을 찡끗하며 서준이 사라진 방향을 바라봤다.

한빈이 그에게 준 것은 가짜였다.

애초에 진짜를 줄 생각은 없었다.

백이 조랑말이라면 서준은 한혈마였다.

한혈마의 고삐를 쥐었는데 그것을 쉽게 놓을 사람이 어디 있던가?

한빈이 이번 대결에서 승리했다고 해서, 그 싸움이 완전히 끝났다는 보장은 없다.

대비할 수 있는 대책 하나 정도는 들고 있는 것이 맞았다.

한빈은 백경 전체를 자신의 것으로 만들든지 아니면 없애 든지, 둘 중 하나의 방법으로 싸움을 끝내고 싶었다.

한빈이 잠시 숨을 고르고 있을 때였다.

한빈의 앞에 백색의 신형이 주르르 나타났다.

그들은 모두 토끼 가면을 쓰고 있었다.

갑자기 나타난 적에, 무영을 비롯한 모두가 자리에서 일어 났다.

바로 검을 뽑으려는 태극검제를 한빈이 말렸다.

"잠시만 기다리시죠. 아는 친구들 같습니다."

"흠."

헛기침하는 태극검제를 뒤로하고 한빈은 천천히 토끼 가

면 쪽으로 갔다.

한빈이 가자 토끼 가면들이 일제히 무릎을 꿇었다.

그중 가장 앞에 있는 토끼 가면이 외쳤다.

"선주님을 뵈어요!"

그의 선창에 따라 뒤쪽의 토끼 가면도 외쳤다.

"선주님을 뵙습니다!"

한빈은 조용히 고개를 끄덕였다.

사실 한빈은 그다지 감흥이 없었다.

적혈맹호대나 백경이나?

자신의 수하인 것은 마찬가지였다.

한빈은 그들에게 백경으로 돌아가 초아를 보살필 것을 명했다.

그들은 그 지시에 따라 바로 자리에서 사라졌다.

그때 한빈이 백미랑을 바라보며 고개를 갸웃했다.

"우리가 잊고 있는 게 있는 것 같은데……."

"설화도 그렇고……."

그녀의 말이 끝나자마자 한빈이 자리에서 사라졌다.

사사 삭.

영웅 대회

모두는 한빈이 있던 자리를 멍하니 바라봤다.

가장 당황한 것은 백미랑이었다.

지금 여기에 모인 이들은 세상을 들었다가 놓을 수 있는 고수들이었다.

거기에 더해 한빈은 백이라는 뜨거운 토란을 맡은 상태였다.

이 모든 일의 뒤처리를 자신에게 맡겨 놓고서 사라진 한빈이 원망스럽기만 했다.

백미랑은 그나마 편한 무영에게 말을 걸었다.

"대사님, 어떻게 할까요?"

"일단 우리는 여기를 지키는 게 맞을 것 같네. 시주도 백이라는 사내를 잘 지키고 있게."

"네? 혹시 깨어나기라도 하면요?"

"내가 봤을 때 그자는 당분간 힘을 쓰지 못할 것이야."

무영은 손을 휘휘 저었다.

그래도 백미랑은 불안한 듯 백을 바라봤다.

백미랑의 눈에는 조금 전 대결이 선했다.

그것은 다른 차원의 대결이라고 봐야 했다.

백미랑도 백의 몸을 감쌌던 신선의 기운을 두 눈으로 봤다.

이런 대결을 본 자가 무림에 몇이나 될까?

아니, 그런 대결을 보고 백을 지키라고?

다쳤어도 호랑이는 호랑이.

다친 호랑이를 토끼에게 지키라고 한다면 그것은 말도 되지 않았다.

그때 다시 바람 한 줄기가 불어왔다.

고개를 돌려 보니 한빈이 다가오고 있었다.

"팽 공자님."

"잠시만, 내가 깜빡한 게 있습니다."

"깜빡하신 게 있다고요?"

"이 친구요."

한빈은 백을 가리켰다. 그러고는 바로 백의 정수리에 오른손을 올려놨다.

그러고는 웃음을 피워 냈다.

"이제는 걱정 없을 겁니다. 저는 일단 태극전으로 돌아가 보겠습니다. 아무래도 남은 사람들이 걱정돼서요."

"태극전이라면?"

"이곳으로 따라오지 않는 것을 보면, 아마도 갇혀 있는 것 같습니다."

한빈은 태극전이 있는 방향을 가리켰다.

순간 태극검제와 현문 그리고 무영의 눈이 커졌다.

그들은 곧바로 자리에서 사라졌다.

한빈은 미안한 표정으로 백미랑을 바라봤다.

"혼자 지키고 계셔야 할 것 같아요, 백 소저."

"저, 저 혼자요?"

"하오문의 책임자답게 힘을 내시죠."

한빈은 백미랑의 어깨를 토닥였다.

순간 백미랑이 눈을 반짝였다.

"해 볼게요, 팽 공자님."

"그럼 부탁드립니다."

한빈도 자리에서 사라졌다.

사사 삭.

순간 백미랑의 동공은 지진이라도 난 것처럼 흔들렸다.

한빈은 백미랑이 인정한 하오문의 주인이었다.

그런 주인이 인정하자 자신도 모르게 힘이 났기 때문에 자신 있게 답했다.

그런데 막상 한빈이 사라지자, 경악했던 아까의 대결 장면이 다시 눈앞에 떠올랐다.

백미랑은 지푸라기 하나를 들었다.

그러고는 백의 얼굴을 슬쩍 찔렀다.

백미랑은 고개를 갸웃했다.

백이 미동도 없었기 때문이다.

백은 마치 백치라도 된 것 같았다.

생각해 보니 아까 서준이란 자가 백의 완맥에 불순한 기운을 불어 넣은 것도 같았다.

그것을 말린 것은 다름 아닌 한빈.

백미랑은 일단 지켜보기로 했다.

그때였다.

백이 눈을 번쩍 떴다.

눈에 흐리멍덩한 빛이 아닌 총기가 살짝 보이자, 백미랑은 뒷걸음쳤다.

그때 백이 천천히 일어났다.

순간 백미랑은 눈을 크게 떴다.

숨이 멎는 것만 같았다.

일어난 백이 천천히 백미랑을 향해서 걸어왔다.

터벅터벅.

그것도 잠시, 백이 갑자기 머리를 감싸 쥐며 쓰러졌다.

"내게 무슨 짓을······."

그게 백의 마지막이었다.

백미랑은 지금 백이 이런 모습을 보이는 이유가, 한빈이 다시 나타나서 정수리에 손을 올린 간단한 동작 때문임을 눈치챘다.

아무런 준비도 없이 간단한 동작만으로도 금제를 걸다니!

백미랑은 한빈이 사라진 곳을 바라봤다.

그녀는 한참을 바라보다가 조용히 포권했다.

백미랑이 할 수 있는 최고의 예였다.

같은 시각 태극전.

그들은 지금 황당한 상황에 직면했다.

"거기 좀 뚫어 보시오."

"이쪽은 단단하오. 보검으로도 뚫리지 않을 것 같소."

당황한 강호인들의 발밑으로는 점점 물이 차오르고 있었다.

설화는 주변을 바라보며 한숨을 내쉬었다.

"휴."

"언니, 우리 괜찮을까요?"

청화가 걱정 가득한 눈으로 바라보자, 설화가 다시 말을 이었다.

"우리는 일단 명당부터 맡아 놔야 할 것 같아."

"명당이라니요?"

"지금 봐 봐. 물이 빠지지 않고 계속 차오르고 있잖아. 이 대로라면 우리는 다 죽어."

"저는 공자님하고 할 얘기도 많은데."

"그래. 그게 중요해."

"뭐가 중요하다는 거예요?"

"지금 상황에서 중요한 건 밖에서 문을 열어 줄 사람이라 는 거야. 여기서 나간 사람은 딱 둘이잖아."

"가짜 태극검제와 공자님이요? 그럼 공자님이 이겨야 우 리가 살아난다는 거예요?"

"뭐, 이긴 사람 마음이란 거지. 그러니 그동안 우리는 버텨 야 해. 청화야."

말을 마친 설화는 옆에 있는 소군을 옆구리에 끼고 펄쩍 뛰었다.

그 뒤를 이어서 청화도 날아올랐다.

그들은 대들보 위에서 상황을 지켜봤다.

설화는 대충 이 일의 원인에 대해서 알 것 같았다.

문제는 일각 전에 발생했다.

아마도 통로로 도망친 무당파의 호법 장로 때문에 일어난 일이 분명했다.

그들이 통로 안에서 무엇을 만졌는지, 물이 넘쳐흘렀다.

아마 그들도 당황했을 것이다.

뇌옥의 통로를 지나오며 중간중간이 막혔었다.

그런데 수맥이 터지면 어떻게 될까?

물줄기가 빠져나갈 통로는 호법 장로 일행이 들어갔던 이 곳밖에 없었다.

지금은 그들이 들어간 통로가 막혀 있는데도, 물이 계속 새어 나오고 있다.

아마도 호법 장로 일행은 저 안에 갇혀 있을 것이 분명했다.

물이 태극전까지 차오르는 것을 보면 통로 안에는 피할 곳 이 없을 터.

문제는 이곳 태극전이었다.

설화는 한빈으로부터 이곳 태극전에 대해서 들었다.

이곳은 혹시 모를 마교의 침공에 대비해서 철저한 진을 구축해 놨다고 했다.

미혼약이나 독공 그리고 화공으로도 뚫을 수 없는 것이 태극전이라고 했다.

반대로 말하면 말 그대로 물 샐 틈이 없다는 뜻이었다.

물 샐 틈이 없는데 계속 물이 들어온다면?

뭐, 목을 내놓고 기다리는 수밖에 없었다.

지금 물이 들어오는 속도로 봐서는 대충 두 시진 정도 견딜 수 있을 것 같았다.

그 시간이면 한빈이 자신을 구하러 올 것이라고 설화는 철석같이 믿고 있었다. 상대가 아무리 강해도 그녀가 생각하기에 한빈보다 강한 사람은 없으니까.

아니, 강한 사람이 있어도 한빈이 이긴다고 설화는 믿고 있었다.

이제까지의 과정을 보면 어떻게든 결과를 만들어 내는 것이 한빈이었다.

옆을 힐끔 보니 청화도 그리 걱정하는 것 같지는 않았다.

소군은 무슨 생각을 그렇게 하는지 눈을 감고 있었다.

그때였다.

태극전의 문을 두들기던 강호인들의 시선이 어딘가로 향했다.

그들의 시선이 향한 곳은 호법 장로가 도망쳤던 뇌옥의 통로였다.

그들 중 하나가 검을 들고 뇌옥의 통로로 다가왔다.

"나는 저곳으로 나가겠소!"

그의 외침에 모두의 시선이 일제히 뇌옥의 통로로 고정되었다.

그때 나선 것이 신창양가의 양예신이었다.

양예신이 창을 꼬나 쥐고 앞으로 한 발 나왔다.

"저곳에서 물이 새어 나오는데 저곳으로 들어가겠다는 것이오?"

"그렇소. 저곳을 열면 분명히 살 방법이 있을 것이오."

"배에 구멍이 나서 사람들이 죽어 가는 상황인데 그 구멍으로 탈출하겠다는 것과 뭐가 다르오?"

"그래도 나는 저곳으로 들어가겠소."

그때 묘한 상황이 발생했다.

구대문파 소속의 몇몇도 그를 지지하기 시작한 것이다.

죽음이라는 단어는 사람의 이성까지 마비시키는 효과가 있었다.

그들은 뇌옥을 막고 있는 문을 열기 위해 기둥 쪽으로 다가갔다.

양예신의 옆에 있던 낭인왕 이세명도 서서히 검을 뽑았다.

스르릉.

동시에 십대세가의 사람들도 기둥을 보호하기 위해서 막아섰다.

정신이 멀쩡한 사람들은 저 기둥에 검을 꽂아 넣으면 어떻게 될지 알고 있었다.

기둥에 검을 꽂으면 문이 열릴 테고, 지금보다 몇 배는 많은 물이 저곳에서 쏟아질 터.

지금이야 두 시진을 견딜 수 있다지만, 문이 열리면 반 시진 만에 이곳에 있는 모두는 익사할 수도 있었다.

묘하게도 호법 장로를 지지하던 쪽이 문을 열려고 기둥으로 다가섰다.

이전에 호법 장로와 맞서던 이들은 문을 지키기 위해서 경계를 하는 상황.

이전과 마찬가지로 정파가 나눠진 상황이었다.

그렇게 첨예하게 대립하고 있을 때.

대들보 위에서 이를 지켜보던 설화는 보따리를 풀었다.

그러고는 종이를 쫙 펼쳤다.

아무렇지 않게 붓을 드는 설화의 모습에, 청화가 물었다.

"지금 뭐 하는 거예요? 언니."

"다 적어 놓으려고."

설화가 진지한 표정으로 말했다.

청화는 아무리 생각해도 이해가 되지 않았다.

위험천만한 이런 상황에서 대들보에 앉아 붓을 들다니!

청화가 다시 물었다.

"뭘 적으려는 거예요?"

"저기 몰려드는 생각 없는 강호인들 전부 다."

"그런데 이름을 알아요?"

"이름을 모르면 그리기라도 해야지."

설화는 이를 악물었다.

지금 아래는 아수라장이 되었다.

기둥에 검을 꽂아 문을 열려는 이들과 막는 이들이 뒤엉켜
있었다.

하지만 모두 같은 정파.

서로는 조심하고 있었다.

그때였다.

가만히 있던 아미파의 장로가 바닥에 떨어진 검을 주웠다.

기둥의 열쇠로 쓰던 바로 그 검이었다.

아미파의 장로는 그 검을 기둥에 그대로 던졌다.

순간 뇌옥의 문이 열렸다.

그 통로로 나가기 위해서 기다리던 강호인들은 뿜어져 나오는 물줄기에 튕겨 나갔다.

그 물줄기 사이에는 아까 도망쳤던 무당파의 장로도 섞여 있었다.

함께 도망쳤던 무당파의 제자들은 얼굴이 불어 있었다.

그 불은 얼굴에는 너덜거리는 인피면구가 붙어 있었다.

사람들은 입을 딱 벌렸다.

그러고는 호법 장로를 지지했던 문파에 경멸의 시선을 보냈다.

하지만 물이 점점 차올라 허리까지 적셨다.

이제 사람들은 하나둘 탈출을 포기하고 대들보 위로 올라오기 시작했다.

설화는 재빨리 위를 쳐다보았다.

이제는 대들보도 위험했기 때문이다.

설화는 위쪽으로 우혈랑검을 쏘아 냈다.

만일을 대비해서였다.

우혈랑검에 묶인 천잠사를 당기던 설화가 고개를 갸웃했다.

우혈랑검이 천장에 박혔을 때의 촉감이 이상했기 때문이다.

그때였다.

갑자기 물줄기가 줄어들기 시작했다.

그것도 잠시, 태극전의 문이 열렸다.

가장 먼저 모습을 드러낸 이는 태극검제였다.

그 옆에는 그의 사제 현문이 당당히 서 있었다.

태극검제를 본 일부 강호인들은 검을 뽑았다.

가짜인지 진짜인지 구분이 되지 않아서였다.

검을 뽑은 강호인을 향해 현문이 달려들려 하자, 태극검제가 손을 뻗었다.

"사제, 참게."

"그래도 무당에서 어찌!"

"저들의 마음을 헤아리게. 자네조차도 나와 가짜를 알아채지 못했지 않나?"

"아, 그때는 죄송……."

"괜찮네. 사제는 뒤쪽으로 물러나 있게."

태극검제는 현문을 뒤로 물리고 혼란스러워하는 강호인들을 향해 걸어갔다.

그러고는 내공을 실어 외쳤다.

"지금부터 영웅 대회를 시작하겠소!"

순간 모두는 눈을 크게 떴다.

중후한 기운이 태극전 내부를 덮었기 때문이다.

이것은 분명히 무당에서 자랑하는 태극의 기운이 맞았다.

검을 뽑았던 강호인들은 서로를 바라봤다.

그들은 하나같이 고개를 흔들었다.

그러고는 재빨리 검을 갈무리했다.

이제 상황은 진정되었다.

태극검제는 고개를 돌려 뒤를 보고 보이지 않게 웃었다.

고개를 돌린 곳에는 한빈과 무영이 있었다. 그들은 뒤로 물러나 일이 수습되는 과정을 지켜보고 있었다.

한빈은 자신이 나설 때가 아니라는 것을 알고 있었다.

대신에 중간중간 수상한 강호인을 기억해 놓았다.

사실 백이 한빈의 수중에 있기에 간자들을 골라내는 일은 그리 어렵지 않았다.

그들은 가장 먼저 호법 장로 일행의 시체부터 수습했다.

시체를 수습한 것은 무당의 제자들이었다.

그리고 마지막에 뇌옥 문을 열어 사람들을 익사하게 할 뻔한 아미파의 장로는 홀로 구석에 말없이 앉아 있었다.

그때 누군가 아미파 장로를 향해 조용히 다가갔다.

물론 그 누군가는 한빈이었다.

아미파 장로에게 조용히 다가간 한빈은 빙긋 웃으며 아미파 장로를 바라봤다.

"안녕하십니까? 장로님."

"……."

아미파 장로는 말없이 한빈을 바라봤다.

경계하는 눈빛이었다.

한빈은 품에서 백색의 부채를 꺼냈다.

완전히 꺼낸 것은 아니고 반쯤 꺼내 아미파 장로에게 보여 줬다.

순간 아미파 장로의 눈빛이 변했다.

한빈은 아무렇지 않게 고개를 끄덕였다.

"향로봉에서 두 시진 후에 뵙죠."

"……."

아미파 장로는 아무 말도 하지 않았다.

대신 의미심장한 표정으로 고개를 끄덕였다.

옆에 있는 제자들은 고개를 갸우뚱하고 있을 뿐이었다.

한빈은 주변을 둘러보더니 어딘가로 향했다.

한빈이 자리를 떠나자, 아미파의 제자 중 하나가 장로에게 물었다.

"저분은 누구십니까?"

"알 것 없다."

아미파 장로가 딱 잘라 말했다.

순간 주변은 조용해졌다.

아미파 장로의 입가에 미소가 맺혔다.

그녀는 상대가 하북팽가의 사 공자라는 것은 꿈에도 알지 못했다. 그만큼 한빈의 용모는 달라져 있었다.

그도 그럴 것이, 한빈은 이곳에 오며 옷을 갈아입었다.

이전에는 너덜거리는 붉은 무복에 피를 뒤집어쓴 모습이었다.

그런데 지금은 백색의 무복을 깔끔하게 차려입은 상태.

두 모습은 너무 대조적이어서 한빈의 모습을 알아볼 사람은 없었다.

오죽하면 같이 이곳으로 왔던 태극검제와 현문마저도 한빈의 모습에 당황했을까.

한빈의 모습은 어찌 보면 백에 가까웠다.

이는 한빈이 원하던 것이었다.

백이 있으니 그와 결탁했던 무림 인사들을 솎아 내는 것은 문제가 되지 않았다.

하지만 시기가 문제였다.

다시 문파로 돌아간 이들을 잡아 오기란 불가능한 일이었다.

그것을 할 수 있는 사람도 없었다.

중원의 끝에서 끝을 가로지르려면 못해도 몇 달은 걸린다.

중원의 동서남북을 누비며 의심 가는 자를 잡아들인다?

아마 시도도 할 수 없을 터다.

또한 문제는 그것이 심증이라는 점이었다.

이런 상황에서도 한빈은 이 모든 것을 영웅 대회 기간에 끝내기로 한 것이다.

백이 어떤 조건을 제시했는지 알 수는 없었다.

하지만 백이 포섭한 대상을 보면 장로급 인사였다.

장문인이 되지 못한 장로급의 고수들.

여기까지 생각한 한빈은 백의 표시인 하얀 부채를 가지고 한 명씩 확인하기로 했다.

그 첫 번째 대상이 아미파의 장로였다.

대충 들어 보니 때가 되면 백이 모습을 드러낼 것이라고 언질을 준 것 같았다.

그때 태극검제가 태극전 안으로 천천히 걸어 들어왔다.

그 옆의 현문은 경계하며 나란히 서서 들어왔다.

아직 바닥은 물이 빠지지 않았다.

하지만 태극검제는 아무렇지 않게 물이 빠지지 않은 실내를 가로질렀다.

첨벙첨벙.

태극검제의 발소리가 주변의 웅성거림을 잠재웠다.

모두는 태극검제를 유심히 바라봤다.

아직도 태극검제를 못 믿는 이들도 있었다.

태극전의 앞쪽으로 간 태극검제는 조용히 모두를 바라봤다.

"이번에 무당파에서 발생한 일은 미안하오. 사과의 의미로 이번에 입은 피해에 대해서 보상할 예정이오. 그리고……."

태극검제의 긴 연설이 시작되었다.

태극검제는 이번 일에 대해서 제법 소상히 털어놓았다.

어찌 보면 무당파의 치부가 될 수 있는 일이었다.

이야기의 순서는 이랬다.

무당의 주요 인물들이 고독에 당했다.

그 인물이 인질이 되는 바람에 태극검제도 당했다.

태극검제가 당하자 무당이 그들에게 장악당했다.

여기까지 대화가 진행되자 강호인 중 하나가 손을 들었다.

"혹시 마교의 짓입니까?"

"마교의 짓은 아니오."

"흠, 그럼 다행이군요."

강호인은 안도의 숨을 내쉬었다.

다른 이들도 똑같이 가슴을 쓸어내렸다.

마교는 그들의 뇌리에 박힌 가장 큰 적이었다.

그들의 표정을 본 태극검제는 가볍게 고개를 저었다.

"차라리 마교라면 다행이라 생각하오."

"그게 무슨 말씀입니까?"

"마교는 실체가 있지 않소? 만약 마교라면 중원인의 힘을 모아 천산으로 진격하면 되지 않소. 우리는 그럴 힘이 있소. 하지만, 그들은 실체가 없소."

"대체 그들은 누구입니까?"

"아직 알아내지 못했소."

태극검제는 딱 잘라 말했다.

이것은 태극검제의 진심이었다.

백경의 인물들을 두 눈으로 확인했지만, 그들의 실체를 믿을 수 없었다.

무림과는 동떨어진 세상에 사는 인물들이라고 판단했다.

아마 백경이라는 이름을 대는 순간, 강호인들은 동요할 것이다.

그때 누군가가 다시 손을 들었다.

"정체불명의 세력이라고 하셨는데, 그 세력의 존재는 어떻게 알아내신 겁니까?"

당연히 나올 법한 질문이었다.

태극검제는 어딘가를 바라봤다.

그곳에는 한빈이 있었다.

한빈이 고개를 끄덕였다.

태극검제는 한빈과 약속한 답을 말했다.

"청운사신이오."

순간 질문을 던졌던 강호인이 눈을 크게 떴다.

상상도 못 할 이름이 태극검제의 이름에서 튀어나온 것이다.

"네?"

"청운사신이 그의 제자와 함께 밝혀냈소."

태극검제는 조금 더 설명을 덧붙였다.

그의 말에 장내가 술렁이기 시작했다.

"대체 이게 무슨 말이야?"

"청운사신이라고?"

"그 유명한 청운사신을 말하는 거야?"

강호인들은 서로를 바라봤다.

그들 중 일부는 수긍하는 분위기였다.

태극검제는 그들의 모습에 혀를 찼다.

그는 한빈과 청운사신이 동일 인물이라는 것을 알고 있었다.

청운사신은 어찌 보면 가상의 인물.

한빈은 모든 일을 알고 있는 자를 청운사신으로 정하기로 했다.

가상의 인물에게 모든 책임을 미루게 되면 모든 면에서 유리하다.

이 사건에 대해서 깊이 물어볼 사람도 없을 테니까.

거기에 더해 청운사신은 태극검제도 알고 있는 이름이었다.

얼핏 듣기에 삼존에 버금가는 이왕(二王) 중 하나로 군림하고 있었다.

가상의 인물이 무림을 대표하는 인물로 자리 잡았다는 것을 태극검제는 믿지 못했었다.

하지만 지금의 분위기를 보니 가상의 인물이 실재하는 인물을 뛰어넘고 있었다.

강호인들은 그럼 그렇지 하며 청운사신이라면 가능하다고 입을 모아 칭찬하고 있었다.

소란이 멈추자 태극검제는 재빨리 표정을 수습하고 말을 이었다.

"이 문제에 대해서 더 궁금한 분들은 나오시오."

"……."

순간 실내가 조용해졌다.

태극검제가 다시 말을 이었다.

"제 처분에 대해서 불만이 있는 분은 지금 말씀하시오."

"……."

침묵은 계속 이어졌다.

태극검제는 좌중을 살폈다.

다행히도 나서는 이는 없었다.

어찌 보면 당연한 일이었다.

이곳에서 가장 피해를 많이 본 것이 무당이었다.

피해를 보상하겠다고는 했지만, 실제로 피해 본 강호인은 아무도 없었다.

피해라고 한다면 옷이 조금 젖은 정도?

무당은 이 영웅 대회가 끝나면 잠시 봉문할 예정이었다.

봉문이란 문파의 문을 걸어 잠그는 것을 말한다.

영원히는 아니고 한시적으로 오 년 정도를 생각하고 있다.

그 안에 모든 일을 수습하고 장문인을 다음 대로 물려줄 계획이었다.

태극검제가 좌중을 진정시키는 사이, 한빈은 계속해서 주변을 돌아다녔다.

아미파의 장로에게 했던 것처럼 문파나 세가의 중심 인물에게 접근했다.

어떤 이들은 의미심장한 눈빛을 보내고 있었고.

경계의 눈빛을 보내는 이들도 있었다.

하지만 한빈은 아랑곳하지 않고 계속 좌중을 헤집고 돌아다녔다.

꼭

두 시진 후.

향로봉.

문파의 수뇌부 몇이 주위를 두리번거리며 향로봉에 오르기 시작했다.

청성파의 장로와 아미파의 장로가 눈을 마주쳤다.

천천히 향로봉을 오르던 아미파의 장로가 걸음을 멈췄다.

"지금 어디 가시는 건가요?"

"약속이 있어서 가오. 그런데 그쪽은 어딜 가시오?"

"저도 약속이 있어서 가요. 그런데 위쪽은 향로봉이 있는 곳 아닌가요?"

"그렇소이다."

"향로봉이라면 무당의 제자들이 지키고 있을 텐데……."

"흠."

청성파의 장로가 수염을 쓸어내렸다.

청성파의 장로는 다시 위쪽을 바라보며 잠시 망설였다.

그때 아미파의 장로가 먼저 향로봉을 향해 발길을 옮겼다.

아미파의 장로가 사라지자 청성파의 장로도 그제야 발길을 옮겼다.

계속 올라가던 청성파의 장로가 걸음을 멈췄다.

향로봉에 올라가니 낯이 익은 인물들이 모습을 드러냈기 때문이다.

곤륜의 장로와 점창파의 장로 그리고 귀주에서 유명한 장씨세가의 인물도 보였다.

그들은 하나같이 복잡한 표정을 하고 있었다.

청성파 장로의 심정도 마찬가지였다.

이번 영웅 대회에 참가하기 얼마 전, 청성파의 장로는 묘한 서찰 하나를 받았다.

그 서찰에는 연줄을 대고 싶다는 말과 함께 영약이 담겨 있었다.

처음에는 의심했지만, 그 영약은 진짜였다.

그 영약 덕분에 십 년간 깨뜨리지 못한 벽을 넘었으니 말이다.

청성파의 장로는 영약은 준 이를 은공이라고 생각했다.

그 뒤에도 서찰은 계속 왔다.

누가 그 서찰을 전해 줬는지 알 길은 없었다.

상대가 누군지는 몰라도 그와의 신뢰는 점점 쌓여 갔다.

그러던 순간, 결정적인 서찰이 날아왔다.

청성파를 손에 쥐고 주무를 수 있는 권력을 주겠다는 내용
이었다.

그는 이 제안을 믿지 않을 수 없었다.

아무도 눈여겨봐 주지 않았던 자신의 잠재력을 높이 평가
해 준 것이 상대였기 때문이다.

물론 대가는 치러야 했다.

이번 영웅 대회에서 자신의 성과를 보여 줘야 했다.

청성파 장로는 이곳에 와서야 상대를 확인할 수 있었다.

정확히는 그의 얼굴을 본 것은 아니었다.

청성파 장로는 그의 부채만을 보았다.

상대는 다시 모습을 감추었고 몇몇 무당파 제자들이 그의
지시를 전했다.

대충 보니 태극검제도 그의 편이 된 것 같았다.

그 정도의 힘이라면 청성파를 손에 쥐고 주무르는 것도 가
능하리라고 보았다.

그리고 예상했던 일이 터졌다.

그가 맡은 역할은 뇌옥 안에 있던 태극검제를 지지하는 것

이었다.

무림인 중 몇몇은 그가 가짜라고 했다.

청성파 장로는 그 판단을 유보했다. 어떤 태극검제가 진짜
인지는 중요하지 않았다.

자신에게 유리한 쪽과 불리한 쪽이 나뉘어 있을 뿐이었다.

그러다가 이상한 일이 일어났다.

묘하게 일이 뒤틀려 버렸다.

아쉽게도 바로 청성파를 손에 쥐여 주겠다는 상대의 말이
물거품이 되었다는 것이다.

그 상황에서 부채를 든 상대가 다시 나타나 희망을 주었다.

그렇게 그는 희망을 안고 향로봉에 올라왔다.

향로봉은 외인이 쉽게 올라올 수 있는 곳이 아니었다.

그런데 이곳을 지키는 무사가 없었다.

그 이야기는 정체불명의 은인에게 이곳을 통제할 힘이 남
아 있다는 말이었다.

그런데 문제가 생겼다.

예상은 했지만, 이곳에 온 것은 자신만이 아니었다.

모두 한 명을 만나기 위해서 온 것이겠지만, 쉽게 입을 열
수는 없는 법이었다.

중간에 만났던 아미파의 장로도 이곳에 와 있었다.

그들은 하나같이 서로 경계하며 누군가를 기다리고 있었
다.

그들의 입에서 침이 말라 갔다.

서로 얼굴을 드러내고 있는 상황은 어색할 수밖에 없었다.

청성파의 장로도 연신 수염을 쓸어내렸다.

분명 두 시진 후라고 했는데 아직도 은공이 모습을 드러내지 않고 있었다.

하지만 마음대로 자리를 뜰 수는 없는 법.

딱 한 번 있을 기회가 저 하늘로 날아갈 수도 있으니 말이다.

그때였다.

누군가가 향로봉의 정자 뒤쪽에서 모습을 드러냈다.

백색의 무복에 얼굴에는 면사를 쓴 사내였다.

그가 부채를 활짝 펼쳤다.

촤르륵.

모두는 백색 무복의 사내에게 포권했다.

사내는 천천히 그들을 둘러봤다.

"미안하오. 잠시 일이 있어서 늦었소."

사내는 모두를 향해서 포권했다.

사내의 뒤로 토끼 가면을 쓴 여자 무사 둘이 걸어왔다.

그 둘도 백색의 무복을 입고 있었다.

그들을 본 청성파 장로는 반사적으로 포권했다.

토끼 가면을 쓴 무사는 전에도 본 적이 있었기 때문이다.

바로 은공의 심부름꾼이었다.

가면을 썼기에 같은 인물인지 다른 인물인지는 모르겠지만, 풍기는 분위기가 비슷했다.

백색 무복에 토끼 가면을 쓴 무사를 호위로 데리고 오다니!

청성파의 장로는 상대가 은공이라고 완벽하게 확신했다.

포권하고 보니 반대쪽에 서 있던 아미파의 장로도 똑같이 고개를 숙이고 있었다.

청성파의 장로는 살짝 미소를 지었다.

한 명의 은공을 바라보는 이상 모두가 한식구라는 생각이 든 것이다.

슬쩍 주변을 확인해 보니 모두가 경계심을 거둔 듯 웃고 있었다.

그때 은공이라 생각되는 사내가 입을 열었다.

"오늘은 중요한 말이 있어서 이곳에 모이라 했소."

"······."

모두는 말없이 고개를 숙였다.

주변을 돌아보던 사내가 다시 말을 이었다.

"모든 계획을 일 년 뒤로 미루겠소."

그 말에 모인 이들이 반응했다.

청성파 장로는 입술을 달싹였다.

따질 수도 없는 노릇이었다.

그때 사내가 다시 말을 이었다.

"모두에게 약조하리다. 정 못 미더우면 증서로 남겨 주겠소."

"즈, 증서로 남겨 주시겠다는 말입니까?"

질문을 던진 이는 청성파의 장로였다.

사내가 고개를 끄덕였다.

"그렇소. 약조가 필요한 사람은 여기로 모이시오."

사내의 목소리는 잔잔했다.

그의 목소리에서는 그 어떤 거짓도 느낄 수 없었다.

그때 여인의 목소리가 울려 퍼졌다.

"은공께 여쭙겠어요."

아미파 장로의 목소리였다.

백색 무복의 사내가 고개를 끄덕였다.

"말씀하시오."

"태극검제는 어떻게 된 거죠?"

어찌 보면 당연한 질문이었다.

다른 이들도 눈을 크게 뜨고 둘의 대화를 바라봤다.

백색 무복의 사내가 말했다.

"그게 무슨 말이오?"

"나갔던 태극검제와 돌아왔던 태극검제 둘 중 누가 진짜인 거죠?"

"왜 둘이 다르다 보오?"

"네?"

"나갔던 자와 돌아온 자는 똑같은 태극검제였소."

"그게 무슨…….'

"내 지시가 바뀌어서 그렇게 행동했을 뿐이오."

그 순간 향로봉에 모인 문파의 핵심 인물들이 술렁이기 시작했다.

아미파의 장로도 마찬가지였다.

모든 계획이 물거품이 되었다고 생각했는데, 지금 은공의 설명대로라면 모든 게 계획의 일부라는 말이었다.

그들은 머리를 세게 얻어맞은 것처럼 멍하니 백색 무복의 사내를 바라봤다.

생각해 보니 뛰쳐나갔던 태극검제와 돌아왔던 태극검제 사이에 다른 점이 별로 없었다.

아미파 장로는 눈을 빛냈다.

"은공께 요구 사항이 있어요."

"그게 무엇이오?"

"제게 지시했던 모든 일에 은공이 책임져 주기를 원해요."

그 말에 다른 이들도 고개를 끄덕였다.

사실 그들은 불안했다.

각 문파의 규칙에 벗어나는 일은 하지 않았지만, 이곳에 와서는 은공이란 사람의 뜻대로만 움직였다.

문파가 아닌 사람에게 충성하게 된 것이다.

그들은 은공이란 사람이 보통 인물이 아닐 것이라고 생각했다.

무당파를 좌지우지할 정도의 인물이라면?

거기에 그들이 먹은 영약은 문파에서도 구파일방 혹은 무림세가에서도 쉽게 구할 수 있는 물건이 아니었다.

그들은 무림을 쥐락펴락할 수 있는 인물에게 확답을 받고 싶었다.

사실 정체도 모르는 이의 확답이 중요할까 싶지만, 강호에서는 그렇지 않았다.

남아일언 중천금이라는 말은 강호 어디에서나 통용되는 말이었다.

모두의 눈빛에는 욕망이라는 감정이 서려 있었다.

사내가 아무렇지 않게 답했다.

"그렇다면, 그것도 약속하리다."

"어떻게 약속하신다는 거죠?"

"내가 지시한 일을 적어 주시오. 거기에 내가 서명하고 책임지겠소. 그리고 모든 것을 천지신명께 맹세하리다."

"아, 알았어요."

아미파 장로가 순순히 고개를 숙였다.

그들은 백색의 면사 뒤 얼굴이 입가에 호선을 그리고 있다는 것은 꿈에도 깨닫지 못했다.

그때 백색 무복의 사내가 손가락을 튕겼다.

딱.

그 소리에 뒤쪽에 있던 토끼 가면 중 하나가 번개처럼 뛰어나오더니 정자에 종이를 펼쳤다.

종이를 펼치자 가장 먼저 아미파의 장로가 먼저 다가왔다.

아미파의 장로는 자신이 요구할 것을 백지에 써 나갔다.

사삭.

먹물이 백지를 채워 나가자 사내는 고개를 끄덕였다.

그러면서 사내도 붓을 들었다.

똑같이 아미파 장로가 적고 있는 내용을 베꼈다.

아미파 장로는 고개를 갸웃하며 종이를 내밀었다.

사내도 종이를 내밀었다.

그 모습에 아미파 장로가 물었다.

"은공, 왜 같은 내용을 적으시는 거죠?"

"계약은 항상 쌍방이 핵심이오."

"계약이라니요?"

"난 천지신명께 맹세하지 않았소? 천지신명께 맹세한 내용을 어찌 그냥 허투루 넘길 수 있단 말이오? 그것은 계약으로 남겨 놓는 것이 옳다고 생각하오. 자, 서명하시오."

"아."

아미파 장로는 문서에 서명했다.

그러고는 상대가 서명한 종이를 받아 품속에 넣었다.

그녀는 그 문서가 생명 줄이라도 되는 듯 소중히 간직했다.

나머지 사람들도 마찬가지였다.

백색 무복의 사내에게 약조받은 문서를 소중히 품 안에 간직했다.

모든 행사가 끝나고 그들이 발길을 돌리려 할 때였다.

청성파의 장로가 갑자기 고개를 들었다.

주변에서 묘한 기척을 느꼈기 때문이다.

그는 조심스럽게 아미파 장로를 바라봤다.

"혹시 느끼셨소?"

"네. 누군가 여길 포위하고 있다는 느낌이 들어요."

"포위라……."

청성파 장로는 말끝을 흐리며 검집을 잡았다.

다른 이들도 마찬가지였다.

그때 아미파 장로가 눈을 가늘게 떴다.

주변을 보니 신형이 불쑥불쑥 튀어나오고 있었다.

하지만 문제는 없었다.

백색 무복의 사내와 결탁했다는 증거는 어디에도 없으니까.

그리고 자신이 한 일은 누구에게도 피해를 주지 않았으니.

문제는 백색 무복의 사내, 즉 은공이었다.

백색 무복의 사내를 바라봤다.

"어서 피하시지요. 무슨 일인지는 모르겠지만 여기는 저희가 맡는 것이 좋겠어요."

"그럴 필요 없소. 내게 맡기시오."

백색 무복의 사내는 앞으로 천천히 걸어갔다.

그때 신형 하나가 사내의 앞을 막아섰다.

그는 다름 아닌 신창양가의 양예신이었다.

양예신은 창을 세워서 백색 무복의 사내를 막았다.

순간 그곳에 모인 문파의 핵심 인물들이 병장기를 틀어쥐었다.

이곳에서 백색 무복의 사내를 빼내는 것이 자신들이 살길임을 깨달았기 때문이다.

일촉즉발의 상황.

백색 무복의 사내가 부채를 펼쳤다.

쫙.

양예신이 창을 꼬나 쥐었다.

탁.

순간 모두가 고개를 갸웃했다.

백색 무복의 사내는 아무렇지 않게 부채를 부쳤다.

순간 백색 무복의 사내가 사라졌다.

실로 놀라운 경공술이었다.

사내의 신형을 쫓을 수 있는 자는 문파의 핵심 인물 중 아무도 없었다.

그만큼 사내의 움직임은 경이로웠다.

아미파 장로는 자신도 모르게 한숨을 내쉬었다.

이곳에서 가장 중요한 인물인 백색 무복의 사내, 즉 은공이 사라졌으니 이제 자신을 추궁할 수 있는 자는 없었다.

다른 이들도 마찬가지였다.

청성파 장로도 보이지 않게 안도의 한숨을 내쉬었다.

그때 청성파 장로가 고개를 갸웃했다.

양예신의 창이 자신을 향해 있었기 때문이다.

문파의 핵심 인물을 포위하던 인물들이 하나둘 모습을 드러냈다.

그중 하나가 천천히 앞으로 나왔다.

"나는 이번에 천하 십대세가로 다시 복귀한 이씨검가의 가주 이세명이오. 남들은 나를 낭인왕이라고 부른다오."

이세명이 말을 마치자 옆에서 황보만청이 말을 이었다.

"나는 황보세가의 황보만청이오."

그것이 시작이었다.

십대세가의 인물들이 신분을 밝히기 시작했다.

그들의 모습에 입술을 잘근잘근 씹던 아미파의 장로가 외쳤다.

"지금 십대세가가 구파일방에 대적하려는 것이냐?"

그녀의 말에 문파의 핵심 인물들이 고개를 끄덕였다.

지금 포위한 인물들의 소속을 보면 맞는 말이었다.

그때 웃음소리가 향로봉 전체에 울려 퍼졌다.

"허허."

내공이 담긴 웃음소리였다.

모두는 그쪽으로 고개를 돌렸다.

그곳에서는 태극검제가 걸어 나오고 있었다.

태극검제는 모두를 바라보며 말했다.

"이건 무림세가만의 뜻이 아니오. 정파 전체의 뜻이오."

"지금 무슨 말씀을 하시는 거죠? 당신이 진짜 태극검제라는 증거를 대 보세요."

"증거는 필요 없소. 청운사신의 제자가 그 증인이니 말이오."

"청운사신이라고요?"

아미파 장로가 고개를 갸웃할 때였다.

어디선가 산들바람이 불어왔다.

그 산들바람을 타고 신형 하나가 나타났다.

순간 아미파 장로의 눈이 커졌다.

태극검제의 옆에 나타난 이는 다름 아닌 백색 무복의 사내였기 때문이다.

그 뒤를 이어서 토끼 가면을 쓴 무사도 나타났다.

뒤에서 쫓아오던 토끼 가면의 무사가 묘한 말을 토해 냈다.

"공자님, 같이 가요!"

알 수 없는 말에 문파의 핵심 인물들이 고개를 갸웃할 때, 백색 무복의 사내가 면사를 벗었다.

그러고는 백색의 무복도 벗어 던졌다.

백색의 무복이 바람에 날려 향로봉을 떠돌다 구름 속으로 자취를 감추었다.

백색 무복이 사라지자 붉은색 무복이 나타났다.

물론 붉은색 무복을 입은 이는 한빈이었다.

한빈은 뒤를 보며 손가락을 튕겼다.

딱.

"너희도 이제 가면 벗어. 답답하잖아."

"네, 공자님."

그 뒤에 있던 토끼 가면 무사들도 가면을 던졌다.

토끼 가면을 벗어 던진 설화와 청화가 방긋 웃었다.

태극검제는 그들을 보고 한숨을 내쉬었다.

처음 이 계획을 들었을 때는 반신반의했다.

백경에게 매수당한 문파의 핵심 인물들이 그리 쉽게 꼬리를 드러낼까 하는 의문 때문이었다.

그런데 기우였다.

태극검제는 주위를 확인하다가 가장 앞에 있는 청성파의 장로를 확인했다.

눈이 마주친 청성파의 장로는 뒤로 주춤주춤 물러났다.

그것도 잠시, 그는 걸음을 멈췄다.

마치 석상이 된 듯 서 있는 청성파의 장로.

보이지 않은 사이에 태극검제에게 점혈당한 것이다.

그가 제압당한 것은 마혈.

아직 입을 열 수 있는 청성파의 장로가 외쳤다.

"이게 무슨 짓이오, 태극검제! 나는 청성파의 장로요. 나를 무시하면 문파 간의 전쟁이 벌어질 것이오!"

"그게 그자들이 원한 것일 수도……."

태극검제는 아무렇지 않게 그의 품에서 곱게 접힌 종이를 꺼냈다.

그러고는 그 종이를 쫙 펼쳤다.

"그랬군. 청성파가 그래서 그런 행동을 했군. 이 문제는 내가 직접 청성의 장문인께 따지겠소."

그때였다.

아미파 장로가 품에서 종이를 꺼냈다.

그러고는 입가로 가져갔다.

증거를 인멸하기 위함이었다.

하지만 누군가의 손길이 더 빨랐다.

픽.

순간 아미파 장로가 동작을 멈췄다.

입으로 가져가려던 종이를 든 그대로였다.

아미파 장로의 혈도를 제압한 것은 설화였다.

설화가 아미파 장로에게 속삭였다.

"설산신녀라고 불러 주세요."

하지만 다른 이들 중 몇은 종이를 삼켰다.

그러고는 안심한 표정으로 태극검제를 노려봤다.

그때 뒤쪽에서 한빈이 종이를 살랑살랑 흔들며 나타났다.

"원래 계약서는 두 장인 법이죠. 문제는 이 계약서가 아닙니다, 여러분들!"

한빈은 심각한 표정으로 모두를 바라봤다.

말을 마친 한빈이 계약서를 꺼냈다.

한빈의 말대로 계약서는 한 장이 더 있었다.

피식 웃은 한빈이 계약서를 펄럭이며 다시 말을 이었다.

"제가 말씀드렸지 않았습니까? 한 장 더 있다고요. 그런데 지금은 그게 문제가 아닙니다."

한빈은 팔짱을 끼고 천천히 그들의 안쪽으로 걸어갔다.

그때였다.

문파의 핵심 인물 중 몇이 검을 빼 들었다.

스릉.

그들은 한빈의 오른손을 노려봤다.

한빈이 가지고 있는 계약서를 빼앗는다면 모든 것이 끝날 일이라고.

눈앞에 태극검제가 있더라도 나머지 계약서를 없애 버린다면 자신들의 죄도 덮을 수 있을 거라고 생각했다.

타파의 무인 하나를 죽이는 것과 자신이 속한 문파를 배신하는 죄.

둘 중 어느 쪽이 무거울까를 생각하면 선택은 간단했다.

문제는 태극검제가 손을 쓰기 전에 모든 일을 처리해야 한다는 점이었다.

검을 뽑고 달려온 이는 다름 아닌 아미파의 장로였다.

곧게 뻗은 그녀의 검이 한빈의 등 뒤로 향했다.

순간 한빈의 신형이 사라졌다.

사사 삭.

한빈이 나타난 것은 바로 두 걸음 옆이었다.

아미파 장로는 휘청이다가 몸을 겨우 가누었다.

그때 한빈이 아무렇지 않게 말을 이었다.

"혹시 아까 서명한 종이를 드셨습니까?"

한빈의 말에 아미파 장로가 이를 갈았다.

"모든 게 네놈의 함정이었더냐?"

"함정을 판 것은 당신들이죠. 저는 함정을 판 적이 없습니
다. 그리고 제가 방금 말씀드렸듯이 문제는 그깟 종이가 아
닙니다."

한빈은 아미파 장로의 입가를 가리켰다.

아미파 장로의 입술 주위에는 검은 먹 자국이 묻어 있었다.

누가 봐도 계약서를 숨기기 위해 먹은 것이 분명했다.

"……"

"그 종이에는 제가 어렵게 구한 약초의 가루가 묻어 있습
니다."

"혹시 독을 묻힌 것이냐?"

아미파 장로는 눈을 감더니 운기를 시작했다.

그것도 잠시, 아미파 장로는 고개를 갸웃했다.

"지금 나를 속인 것이냐?"

"종이에는 혈고를 자극하는 가루가 묻어 있습니다. 만약에 아직 괜찮으신 거라면 다행이고요."

한빈이 아무렇지 않게 웃었다.

그때 아미파 장로의 표정이 달라졌다.

미간에 주름이 잡히더니 갑자기 머리를 감싸 쥐었다.

아미파 장로는 다시 자리에 앉아 가부좌를 틀었다.

그 모습에 한빈이 말을 이었다.

"참고로 말씀드리면 그자가 준 혈고는 내공에 반응합니다. 무공의 경지가 높으면 높을수록 혈고는 금방 성장하죠."

그때 아미파 장로가 눈을 까뒤집었다.

"악!"

그 비명에도 아랑곳하지 않고 한빈이 말을 이었다.

"그리고 지금처럼 진기를 움직이면 바로 반응하죠."

"대, 대체 나에게 무슨 짓을 한 것이냐!"

아미파 장로가 실눈을 뜨고 외치자 한빈이 고개를 저었다.

"제가 한 일이 아닙니다. 제가 혈고라고 했죠? 혈고가 그리 빨리 자리를 잡겠습니까? 머릿속에 자리를 잡은 혈고는 최소 한 달 전에 들어갔을 겁니다. 그것도 본인의 의지로 말입니다."

"내 의지라고? 잘도 요망한 혀를 놀리는구나. 앗!"

아미파 장로는 다시 눈을 까뒤집었다.

이제는 입술을 잘근잘근 씹어 대며 고통을 삼키고 있었다.

한빈은 더는 대답하지 않았다.

대답을 해 봤자 듣지도 못할 상황이기 때문이었다.

하지만 다른 이들은 떨리는 눈빛으로 한빈의 동작 하나하나에 집중하고 있었다.

청성파 장로는 한빈을 쏘아봤다.

자신도 아미파 장로처럼 되는 것은 시간문제라고 생각했기 때문이다.

거기에 더해 한빈이 아미파 장로에게 손을 썼다고 생각하고 있었다.

혈고에 중독되는 방법은 신체에 뚫린 구멍을 통하는 것밖에는 없었다.

그런데 그렇게 될 가능성은 조금도 없었다.

자신이 혈고에 중독되었다면 다른 청성파 제자들도 같은 상황이라는 말이다.

청성파에서는 장로의 식사나 다른 제자의 식사나 모두 똑같으니까.

그렇다면 여기에서 모순이 생긴다.

사실 혈고를 걱정하는 무림인들은 많지 않다.

혈고의 가격이 비싸기 때문이다.

청성파와 아미파의 제자를 모두 중독시키려면 구파일방 중 몇 개 문파의 기둥뿌리를 뽑아도 불가능했다.

청성파 장로는 주변을 둘러봤다.

모두가 상대를 겁내고 있었다.

그도 그럴 것이, 아미파 장로가 당하는 모습을 눈앞에서 봤다.

청성파 장로가 결심한 듯 한빈을 향해 걸어갔다.

"대체 우리에게 무슨 짓을 한 것인가?"

"몇 번을 물어도 대답은 똑같습니다. 저는 한 일이 없습니다. 혹시 누군가가 전한 영약을 드셨습니까?"

"영약이라고 했나?"

"네. 혹시 드셨습니까?"

"……."

청성파 장로는 답하지 못했다.

그 모습에 한빈이 다시 말을 이었다.

"혈고는 여러분들이 드신 그 영약 속에 숨겨져 있었을 겁니다."

한빈은 여러분이라는 단어를 썼다.

그도 모자라 주위를 둘러봤다.

한빈과 시선을 마주친 모두의 얼굴이 파래졌다.

그들은 동시에 자신의 가슴과 머리를 만졌다.

머리를 만지던 그들은 옆 사람을 바라봤다.

순간 그들은 석상이 되었다.

모두가 비슷한 동작을 하고 있었다.

즉 모두가 영약을 먹었다는 뜻이었다.

그들은 자신의 몸을 더듬으며 혈고의 존재를 확인했다.

그들의 모습에 한빈은 보이지 않게 웃었다.

사실 한빈은 조금도 거짓을 말하지 않았다.

설마설마했는데 백은 혈고로 그들을 옥죄려 하고 있었다.

혈고라고 확실히 단정 지은 것은 태극전 내에 숨겨 둔 혈고를 찾았기 때문이다.

그것은 조그마한 항아리였다.

그 항아리를 발견한 것은 아주 우연이었다.

태극전에서 우혈랑검을 천장에 던진 설화는 촉감이 이상하다는 것을 알고 천장을 조사했다고 한다.

그때 상상도 못 한 물건이 태극전의 천장에서 나온 것이다.

그냥 뒀으면 영웅 대회에 참석한 수장들을 모두 중독시킬 수 있는 양의 혈고가.

백은 이제까지 같은 행동을 반복했다.

이번에도 마찬가지였다.

그는 사람의 가장 약한 곳을 공략했다.

무인의 약점은 아마도 강해지고 싶다는 마음일 터.

여기에 더한다면, 천하제일은 꿈도 못 꾸지만 자신의 문파에서는 가장 꼭대기 자리에 앉고 싶은 마음이었다.

한빈은 여기에 있는 모두가 혈고에 중독되었는지는 알 수 없었다.

하지만 지금 괴로워하고 있는 아미파의 장로만큼은 분명했다.

모두가 멍하니 입을 벌리고 있을 때, 한빈이 말을 이었다.

"죄를 덮으려 하지 마십시오. 문파로 돌아가면 장문인에게 죄를 고하십시오. 그리고 이 문서에 대해서는 태극검제께서 별도로 각 문파에 통보하실 겁니다."

한빈은 문서를 다시 흔들었다.

그들에게는 그 문서가 구천지옥의 깃발처럼 보이는 순간이었다.

한빈은 그 후 그들에게 해야 할 일을 전달했다.

이번 영웅 대회가 끝날 때까지 주최자인 무당파에 적극적으로 협조할 것을 약속받았다.

거기에 더해 한빈은 한 가지 약속을 더 받아 냈다.

그것은 그들 문파의 최고 고수를 하북팽가로 보내는 일이었다.

그 이유는 간단했다.

바로 천급 구결을 더 모으기 위해서였다.

백경의 모임은 정확히 여섯 달 뒤.

그때까지 어떻게든 용린검법의 경지를 올려야 했다.

한빈은 백과의 대결에서 많은 것을 느꼈다.

자신이 신선을 불러들이지는 못하지만, 신선과 맞먹는 힘을 낼 수 있다는 것을 말이다.

물론 용린검법의 존재 덕분이었다.

만약에 여기에서 조금만 더 노력한다면?

신선을 등에 업은 백경의 수뇌부와 한판 떠도 밀리지 않을 자신이 있었다.

여섯 달 뒤에 있을 백경의 회의에서 어떤 일이 일어날지 아무도 몰랐다.

자칫 잘못하면 그곳이 자신의 무덤이 될 수도 있는 일이었다.

강호의 일은 한 치 앞도 모르니까.

한빈은 그런 이유로 문파의 강자들을 하북팽가로 초대하려고 했다.

물론, 문파의 장문인이 그들을 용서하는 것과는 별개의 일이었다.

문파의 배신자를 찾아냈다는 것은 이곳에 있는 모든 문파가 한빈에게 빚을 졌다는 말이니까.

❧

며칠 후.

영웅 대회는 아무 일도 없었다는 듯이 끝이 났다.

강호인들은 마지막 날에는 눈을 크게 떠야 했다.

모두가 하나가 된 듯 같은 목소리를 내고 있었기 때문이다.

십대세가와 무당파의 말에 반박하던 아미와 청성은 순한 양이 되었으며, 심지어는 그들의 대표까지 바뀌었다.

바뀐 대표는 무조건 태극검제의 말에 동의했다.

분위기가 이렇게 진행되다 보니 대회는 잡음 없이 진행될 수밖에 없었다.

이번 대회에서 모두는 천하 십대세가의 자리에 철혈검가라고 불리던 이씨검가의 이름을 올리는 것에 동의했다.

하지만 이세명은 가주의 자리를 마다했다.

천리 표국을 버리고 이씨검가의 가주 자리에 오르는 것은 자신을 의지하는 낭인들의 기대를 저버리는 것이라고 했다.

덕분에 이무명이 재건된 이씨검가의 가주 자리에 올라야 했다.

무당의 산문을 나선 한빈은 걸음을 멈췄다.

이무명의 눈빛 때문이었다.

그 눈빛에 한빈이 고개를 갸웃하며 물었다.

"왜 그러십니까? 이 호위, 아니 가주."

"가주라니, 낯이 뜨거워집니다. 주군."

이무명은 손을 휘휘 내저었다.

그의 표정에는 진심이 담겨 있었다.

한빈이 피식 웃었다.

"가주가 아닌 가주님이라고 불러 드려야……."

"자꾸 그러지 마십시오, 주군."

"주군이라니요? 이제 어엿한 이씨검가의 가주가 아니십니까? 가문의 식구들을 위해서라도 체면을 지키셔야죠."

"둘이 있을 때는 주군이라 부르겠습니다. 한번 주군은 영원한 주군이니 말입니다."

이무명이 살짝 고개를 숙였다.

한빈도 마주 웃었다.

그때 뒤쪽에서 걸어오던 이세명이 한빈의 곁으로 다가왔다.

"팽 소협."

"어르신, 그냥 편히 불러 주십시오."

"이리 공을 세웠는데 내 어찌 편히 부르겠는가?"

"어르신은 아버님의 친구가 아닙니까? 이러시면 부담스럽습니다."

"그렇게까지 말한다면 편히 말하겠네. 잠시 내게 시간을 내어 줄 수 있겠는가?"

"그러지요."

말을 마친 한빈은 이세명과 함께 옆길로 빠졌다.

산문 옆의 울창한 숲으로 들어간 이세명은 수염을 쓸어내렸다.

그는 계속 뜸을 들였다.

눈빛을 보면 말을 해야 하나 말아야 하나를 고민하는 것 같았다.

그 모습에 한빈이 말했다.

"낭인왕 어르신답지 않게 왜 이리 뜸을 들이시나요? 그냥 편하게 말씀해 주시죠."

"험, 티가 났는가?"

"많이 티가 났습니다. 이무명 가주도 물리고 혼자 이곳으로 저를 부르셨다는 것은 그만큼 심각한 이야기겠죠. 아마도 강호의 안위와 관련된 이야기는 아니라고 봅니다. 제 추측이 맞는다면 저와 관련된 개인적인 이야기겠죠."

"자네가 옳네. 그럼 내 편히 이야기함세. 이건 우리 가문과도 얽힌 이야기일세."

"네, 경청하겠습니다."

"자네의 외모와 무명이의 외모가 비슷한 게 우연이라고 보나?"

"네?"

한빈이 눈을 크게 떴다.

이것은 한 번도 생각하지 못한 일이었다.

이무명의 외모를 본 순간 자신과 이상하리만큼 비슷하다는 것을 알았다.

그래서 그를 그림자 무사로 이용해 꽤 많은 임무를 수행하지 않았던가?

하지만 그와 어떤 관계가 있다고는 생각지도 못했다.

한빈의 표정을 본 이세명이 다시 말을 이었다.

"나도 그저 추측일 뿐일세. 그러니 내 말을 듣고 헛소리라 생각되면 바로 귀를 씻어도 좋네."

귀를 씻으라는 말은 모른 척 덮으라는 말이었다.

"네, 알겠습니다."

"내 우연히 자네 모친의 초상화를 본 적이 있네."

"초상화라면…….."

"자네 아비의 처소에서 말일세. 그런데 묘하게 낯이 익더군."

이세명의 말에 한빈은 마른침을 삼켰다.

자신의 모친이 낯이 익다는 것은 무슨 뜻일까?

한빈이 물었다.

"그게 무슨 말씀입니까?"

"그 초상화는 내 어머니의 외모와 묘하게 닮아 있었네."

"흠."

한빈은 자신도 모르게 침음을 삼켰다.

"우리 어머니는 정확히 말하면 중원 사람이 아니었네. 변방에서 이곳으로 건너온 외지 사람이지."

"그렇다면…….."

"어떤 사건으로 인해 멀리서 중원까지 이주를 해 왔다고 들었네. 하지만 그 일족은 뿔뿔이 흩어졌지."

"그게 언제 일입니까?"

"아마도 삼십 년은 더 된 일이라고 들었네."

말을 마친 이세명은 회상에 잠긴 듯 어딘가를 바라봤다.

"그럼 저와 어르신이⋯⋯."

"그건 섣불리 판단하지 말게."

"혹시 그 일족이 어디에서 건너온 겁니까?"

"북해라고도 하고 남만이라는 얘기도 있네."

"너무 광범위하군요."

"동쪽이나 서장이 아닌 게 어디인가? 내가 할 이야기는 여기까지일세. 이게 의미가 있는지 없는지는 자네가 판단할 일일세. 그리고 내 아우를 돌봐 줘서 고맙네. 자네에게 무슨 일이 생기면 내 목숨을 걸고 도울 것을 천지신명께 맹세하네."

이세명이 조용히 웃자 한빈이 고개를 숙였다.

가볍지 않은 약속이었다.

무림에서는 이런 약속 하나로 멸문지화를 당하는 예도 있었다.

지금 한 말은 무림 공적이 되어도 도와주겠다는 말이었다.

한빈은 피식 웃었다.

생각해 보니 이제는 무림 공적이 될 일은 없을 것 같았다.

구대문파와 무림세가의 핵심 인물 몇이 한빈의 손안에 들어왔다.

그것도 다른 문파가 공식적으로 인정한 것이었다.

한빈이 아니면 그들의 머리에 들어 있는 혈고를 제거할 사람은 없었다.

해당 문파의 장문인이 그들을 버릴 수도 있었지만, 그 가능성은 상당히 낮았다.

문파의 특성상 나중에 벌을 주는 한이 있어도 일단은 배신자들을 살리려고 할 게 뻔했다.

배신자는 문파의 손으로 직접 처리하는 것이 강호의 법칙이니까!

거기에 정체불명의 세력을 제압한 것은 청운사신과 그 후인 덕분이라고 태극검제가 선포했다.

청운사신의 후인이 누구던가?

공식적으로 밝힌 바는 없지만, 바로 한빈이었다.

이번 대회 마지막 날에 한빈은 청운사신의 후인으로 인정받았다.

아예 대놓고 자신이 청운사신의 후인이라고 밝힌 것이다.

상상 속에서나 존재하는 인물의 후인이라?

재미있는 것은 이번 기회를 통해서 청운사신의 명성이 치솟고 있다는 점이었다.

이런 한빈의 행보에 설화마저도 놀랐다.

자신이 얼굴에 이렇게 금칠을 하는 것은 처음 봤기 때문이다.

그때 이세명이 물었다.

"같이 갈 텐가? 마차에 자리가 남았다네. 아니 마차가 많이 남았다고 하는 게 정확하지."

"어디로 가십니까?"

"나는 하북으로 간다네."

"네? 이씨검가가 있던 곳으로 가야 하는 거 아닌가요?"

"이씨검가를 하북으로 옮기기로 했네."

"하북으로요?"

"천리 표국도 하북에 본부가 있고, 무엇보다 무명이의 든든한 조력자가 하북에 있지 않나? 어차피 재건해야 할 거, 이참에 하북으로 옮기기로 했네."

"그렇군요. 혹시 조력자라는 게……."

"자네 말고 또 누가 있겠나?"

"하하."

한빈의 긴 웃음이 이어졌다.

그의 웃음이 끝날 때쯤에야 다시 자리로 돌아왔다.

이무명과 팽혁빈 그리고 모두는 한빈과 이세명의 대화를 궁금해했다.

하지만 한빈은 말하지 않았다.

지금의 이야기가 앞으로의 행보에 도움이 될지 안 될지는 알 수 없었다.

자신도 모르는 이야기는 훗날 약점이 될 가능성이 높았다.

이것이 한빈의 판단이었다.

한빈 일행은 천천히 무당산을 내려왔다.

산행은 올라갈 때보다 내려올 때 조심해야 한다는 강호 속
담이 있다.

한빈 일행은 경계심을 늦추지 않았다.

그때였다.

뒤쪽에서 기척이 느껴졌다.

누군가 다급하게 이곳으로 뛰어오고 있었다.

고개를 돌려 보니 수운이었다.

한빈은 손을 들어 일행을 멈췄다.

수운의 경공술은 눈에 띄게 좋아졌다.

저런 속도로 달려오는데 먼지가 피어오르지 않는 것을 보
면 어느 정도 성취를 이루었다는 뜻이었다.

역시 백 번의 연습보다는 한 번의 실전이 무인을 성장시킨
다는 강호 속담이 맞는 것 같았다.

한빈의 앞에 온 수운은 백색 보자기를 내밀었다.

"팽 소협, 이걸 받으시오."

"이게 뭡니까? 수운 도인."

"며칠 전 부탁한 물건이오. 이게 마지막이니 잘 간직하시
구려."

"아, 그때는 없다고 하시더니!"

"겨우겨우 찾았소이다."

수운은 한빈을 보며 한숨을 쉬었다.

그가 전한 하얀 보자기에 담긴 물건은 다름 아닌 칠성검이

었다.

한빈이 백과 맞서 싸울 때 쓰던 바로 그 칠성검.

무당의 최고의 보패라 불리는 물건이다.

신력이 깃들었다고 대대로 전해지는 물건이지만, 그 신력을 확인한 것은 이번이 처음이었다.

사실 태극검제의 말을 듣고 수운은 놀라 자빠질 뻔했다.

백과의 싸움이 끝난 후 태극검제는 칠성검에 대해서 물어봤다고 했다.

그때 한빈은 칠성검은 녹아내렸다고 답했다.

그러면서 칠성검은 일회용 보패 같으니 남는 게 있으면 하나 더 달라고 했다고 한다.

무당의 상징처럼 여기던 물건이 흔적도 없이 사라졌는데 하나를 더 달라?

수운은 놀랐지만, 태극검제는 껄껄 웃기만 했다.

사실 수운은 백과의 대결이 얼마나 치열했는지는 몰랐다.

뇌옥을 지나치며 겪었던 일을 생각하면 아직도 덜덜 떨리는 그였다.

아마도 백과의 대결을 보았다면 지금처럼 행동하지는 못했을 것이다.

태극검제는 신력이 깃든 칠성검을 추가로 찾아냈다.

수운이 말한 대로 하나 남은 것은 아니었다.

한빈에게 주고 나면 신력이 깃든 칠성검은 이제 무당에 딱 하나뿐이었다.

한빈에게 건넬 때는 하나 남은 것이라고 해야 했다.

괜히 무당에 하나가 더 남아 있다는 것을 들키면 그것마저도 한빈에게 뺏길지도 모르기 때문이다.

그때 한빈이 말했다.

"이제 그만 놓으시지요."

"미안하오, 나도 모르게……."

수운이 보자기를 잡았던 손을 놓았다. 아까운 마음에 자신도 모르게 보자기를 잡고 있었던 것이다.

그때였다.

한빈이 조용히 산문 쪽을 바라봤다.

그곳에는 태극검제가 수염을 휘날리며 서 있었다.

멀리 있는 태극검제가 조용히 고개를 숙였다.

그러더니 포권지례를 올렸다.

한빈에게 하는 것인지, 아니면 산문을 나선 모든 이들에게 전하는 예인지는 모른다.

한빈도 조용히 산문 위에 선 태극검제를 향해 포권했다.

한빈의 일행도 똑같이 깊숙이 포권했다.

이런 행동 때문일까?

산문을 나선 모든 강호인이 무당산을 향해 포권했다.

산문 앞을 지키던 무당의 제자들도 그제야 떠나는 강호인들을 향해 포권했다.

수운도 놀란 듯 주위를 보다가 포권했다.

모두가 서로에게 예를 올리는 드문 장면이었다.

한빈은 고개를 숙인 상태에서 주변을 살폈다.

상황을 보면 강호인들 간의 불신은 대충 봉합된 것처럼 보였다.

그렇게 예를 나눈 한빈은 천천히 몸을 돌렸다.

언제까지나 뒤를 돌아볼 수는 없었다.

이제는 앞으로 나아가야 할 때였다.

한빈이 앞을 가리키자 적혈맹호대가 서서히 움직였다.

그때 뒤쪽에서 창을 든 무인이 달려왔다.

신창양가의 양예신이었다.

"팽 소협."

"아, 영웅 대회 때는 고마웠습니다."

"별말씀을 다 하십니다. 그나저나 어디로 가십니까?"

"저야 하북으로 가야죠."

"그럼 저도 같이 가도 되겠습니까?"

"그러시지요."

한빈이 고개를 끄덕였다.

신창양가가 있는 산서와 하북은 거리가 떨어져 있었다.

하지만 방향만은 같은 북쪽이었다.

그때 뒤쪽에서 다급하게 달려오는 이가 있었다.

"형님."

목소리만 들어도 그가 악비광이라는 것을 알고 있었다.

악비광은 자신을 떼어 놓고 갔다고 계속 불만을 늘어놓았다.

그러더니 양예신을 보며 살짝 경계의 눈빛을 보냈다.

한빈은 그 이유를 알고 있었다.

신창양가나 산동악가가 모두 창으로 명성을 날리는 문파였다. 그러니 기본적으로 경쟁이라는 감정을 깔고 갈 수밖에 없었다.

덕분에 하북으로 가는 여정에 신창양가의 양예신과 산동악가의 악비광이 합류했다.

잠시 후, 한빈 일행은 산문에서 멀어져 마을로 들어왔다.

심미호는 백미랑과 함께 가장 끝에서 수레를 몰고 있었다.

그 수레에는 관이 실려 있었다.

달그락달그락.

수레바퀴 소리가 구슬피 울리자 산문 아래 백성들이 안타까운 눈으로 바라봤다.

"비무를 하다가 죽었나 보네."

"아이고, 안타까워라. 칼에는 눈이 없다던데 그 말이 딱 맞는군."

"허허. 역시 무림인은 무림인이군. 사람이 죽었는데 저리 웃다니 말일세."

"그러게나 말일세. 죽은 사람만 서럽지……."

그들은 한빈 일행의 끝에 있는 수레를 가리키며 고개를 휘휘 저었다.

수레를 몰던 심미호가 눈을 가늘게 뜨고 옆을 바라봤다.

"백 소저, 표정 관리 좀 하세요."

"네. 호호."

"아니, 웃지 마시라니까요. 사람들이 관을 저렇게 보는데, 백 소저가 웃으면 어떻게 해요?"

"아, 알았어요."

백미랑이 움찔하며 입을 닫았다.

그러고는 뒤쪽의 관을 바라봤다.

이 관은 둘도 없는 귀중품이었다.

귀중품이란 말은 한빈이 한 말이었다.

그 귀중품이란 바로 백이었다.

한빈은 백의 목을 베지 않았다.

대신 백을 사로잡아서 관에 넣어 놨다.

금제를 걸어 놓은 데다가 천잠사로 온몸을 칭칭 감아 놨다.

혹시 모를 백경의 공격에 대비해서였다.

사실 백보다 백경을 잘 아는 인물은 없었다.

이제 백의 소유는 한빈에게 모두 넘어온 상태.

이것은 지난번에 만난 다른 선주인 서준과 백려에게 확인받은 바였다.

하지만 그들이 백경의 모든 것을 가르쳐 주지는 않았다.

덕분에 백의 숨이 아직까지 붙어 있는 것이다.

백미랑이 이리 웃는 이유는 간단했다.

백은 천하를 벌벌 떨게 만든 고수였다.

오죽하면 백미랑이 한 걸음도 움직이지 못했겠는가.

그런 백이 든 관이 자신의 손에 있다고 생각하니 어이가 없었기 때문이었다.

즉 이 웃음은 진심이 담긴 웃음이 아니라 헛웃음이라는 말이었다.

그렇게 막 산문 아래의 마을을 벗어나고 있을 때였다.

마을 초입에서 백색 무복의 무사들이 나타났다.

스르륵.

순간 앞쪽에 있던 적혈맹호대가 동시에 병장기를 빼 들었다.

백색 무복의 무사들은 모두 여인이었다.

여인 무사들은 아직 검을 뽑지는 않았다.

적혈맹호대는 검도 뽑지 않은 여인 무사들을 노려봤다.

그들의 기세가 심상치 않았기 때문이다.

갑자기 대치한 상황.

한빈은 조용히 앞으로 걸어갔다.

적혈맹호대에 무기를 거두라 손짓한 한빈이 여인들을 바라봤다.

그들의 허리에는 토끼 가면이 걸려 있었다.

백이 거느리던 수하들이었다.

그중 하나가 앞으로 나왔다.

"주군을 뵙습니다."

순간 한빈은 눈을 크게 떴다.

그 아이는 초아였다.

그 옆을 보니 자청도 있었다.

한빈이 말했다.

"잘 지냈어?"

"주군 덕분에요. 이제는 멀쩡해요."

"고생 많았어. 그런데 여기까지 무슨 일이야?"

"하북으로 돌아가신다고 들었어요. 저희가 모시러 왔어요."

초아가 포권하자 자청이 한 발 나서며 외쳤다.

"저희가 모시겠습니다, 주군!"

뒤를 이어서 똑같은 목소리가 들려왔다.

"주군!"

한빈이 말했다.

"알았어. 그럼 안내해. 그나저나 토끼 가면을 벗으니까 훨씬 편해 보이네."

한빈이 씩 웃었다.

토끼 가면을 벗으라는 것은 한빈의 지시였다.

초아와 백경의 무사들이 하얀 무복을 입고 앞장서자, 적혈맹호대의 대원들은 적잖게 당황했다.

조호는 옆을 보며 떨리는 눈빛으로 물었다.

"혹시 우리 자리가 흔들리는 거 아니에요? 장삼 아저씨."

"하하, 그럴 리는 없을 것 같구나."

"왜요?"

"우리가 호위받고 있는 모양새가 아니냐? 그럼 저 아이들이 우리 밑이라는 거지."

"그거 확실해요? 장삼 아저씨."

"당연하지 않으냐?"

"우리보다 무공이 더 높아 보이는데도요?"

"무공하고 지위가 무슨 상관이 있더냐?"

"그건 그러네요. 하하."

장삼의 해석에 조호가 피식 웃었다.

얼마나 갔을까?

멀리 떨어진 무당산을 본 조호가 고개를 갸웃했다.

"장삼 아저씨, 길이 좀 이상하지 않아요?"

"흠, 우리가 왔던 길은 아닌 것 같구나."

"그러게요. 혹시……."

"그래, 내가 공자님께 넌지시 말해 보마."

장삼은 재빨리 뒤쪽으로 달려갔다.

불안한 표정에 비해 발길이 가벼워 보였다.

구걸십팔보가 어느 정도 경지에 이르렀다는 말이었다.

장삼의 경공술도 이제는 하북에서 손에 꼽힐 정도였다.

천수장에서 처음 훈련을 받을 때만 해도 은퇴를 결심했던 장삼이었다.

하지만 지금은 가슴속에 무인으로서의 욕망이 꿈틀대고 있었다.

계속 노력하다 보면 언젠가는 강호에 이름 하나는 남기고 갈 수 있다는 확신이 들었다.

갑자기 달려온 장삼을 본 한빈이 고개를 갸웃했다.

"무슨 일입니까? 장삼."

"아무래도 길이 이상합니다. 그래서 말씀드리려고 달려왔습니다."

"길은 아까 초입부터 이상했습니다."

"그럼 알고 계셨습니까?"

"제 예상대로라면 갈 때는 편히 갈 수도 있을 것 같습니다."

"편히 가다니요?"

"아직은 확실한 게 아니니 그냥 기다려 보죠."

"아, 혹시 이것도 비밀입니까? 주군."

"비밀이랄 게 뭐 있습니까? 참, 뱃멀미는 안 하죠? 장삼."

"배라면 지난번에도 타지 않았습니까?"

"하하, 그럼 됐습니다."

한빈이 활짝 웃자 장삼은 고개를 갸웃하며 주변을 돌아봤
다.

주변의 인물들은 모두 장삼과 비슷한 표정을 하고 있었다.

무슨 말인지 모른다는 표정이었다.

그때였다.

장삼의 귓가에 물소리가 들려왔다.

점점 가까워지는 물소리에 장삼은 다시 조호를 바라봤다.

조호가 어딘가를 가리켰다.

"장삼 아저씨, 저기 강이 있어요."

"강이라……."

장삼은 주변을 둘러봤다.

그때 마을 하나가 눈에 들어왔다.

장삼은 이곳이 어딘지 도통 알 수 없었다.

나이만 먹었지, 강호의 지리에 대해서는 문외한이었다.

주워들은 것은 많지만, 실제로 보니 어디가 어디인지 알
수 없었다.

그때 뒤쪽에서 심미호의 목소리가 들려왔다.

"자, 이제부터 말은 맡기고 간단한 짐만 챙겨요."

잠시 후.

적혈맹호대 일행은 백색의 선박 앞에 와 있었다.

크기는 상선에 가까웠지만, 외형이 다소 이상했다.

티끌 한 점 없는 하얀색 배.

외형만 본다면 실제로 운행되는 배가 아닌 조각상처럼 보이기도 했다.

그때였다.

배에 돛이 내려왔다.

촤르륵.

순간 모두의 눈이 커졌다.

아래로 내려온 돛에는 두 글자가 새겨져 있었다.

백경.

배의 이름이자 조직의 이름이었다.

순간 배 위에 서른 명 정도 되는 백색 무복의 무사가 모습을 드러냈다.

그들은 하나같이 여인들이었다.

거기에 더해 배 위에 선 이들의 체격도 비슷했다.

그들을 안내한 초아라는 백경의 무사처럼 말이다.

멀리서 본다면 모두가 쌍둥이라고 해도 믿을 정도의 외모였다.

배 위에 선 백색 무복의 무사 모두가 한곳을 향해서 포권했다.

"선주님께 인사드립니다."

아래에서 이 광경을 바라보던 모두는 넋을 잃은 채 시선을 돌렸다.

그곳에는 한빈이 아무렇지 않게 고개를 끄덕이고 있었다.

그때 누군가 한빈에게 달려갔다.

"형님!"

"왜 이리 호들갑이야?"

"대체 어떻게 된 겁니까? 이 배는 또 뭐고요?"

악비광의 눈빛이 흔들렸다.

한빈이 피식 웃으며 말했다.

"따라오기 싫으면 돌아가도 좋다."

"아닙니다. 따라가겠습니다, 형님."

악비광이 입술을 깨물며 한빈의 옆에 바싹 붙었다.

그때 신창양가의 양예신도 다가왔다.

"저도 기꺼이 동행하겠소이다, 팽 공자."

"네, 그럼……."

한빈이 배 위로 뛰어올랐다.

모두는 그제야 배에 발판이 없음을 깨달았다.

한빈이 말과 수레를 마을에 맡기고 최소한의 짐만 챙겨 오라는 이유도 알 수 있었다.

백경의 배에 오르기 위해서는 뛰어오를 수밖에 없었다.

다행히 모두는 배에 뛰어오를 정도의 경공술을 지니고 있었다.

모두가 뛰어오르자 심미호는 뒤쪽의 관을 바라봤다.

관은 모두 두 개였다.

하나는 현철로 만든 관이고 하나는 백독곡에서 받은 빙관이었다.

지금 백은 빙관에 들어가 있다.

천잠사로 묶어 놓고 금제를 걸어 둔 것도 모자라 얼음 속에 가둬 놓은 것이다.

빙관을 받을 때는 이곳의 누구도 이런 용도로 사용할 줄 몰랐다.

심미호가 현철로 된 관을 짊어졌다.

"이건 제가 옮길게요. 백 소저는 저걸 옮기세요."

"꼭 제가 저걸 옮겨야 하나요?"

"그럼 바꿔도 되고요."

심미호가 웃자 백미랑이 양쪽 관을 번갈아 봤다.

그때였다.

그들의 옆에 초아가 나타났다.

"신경 안 쓰셔도 돼요. 저희가 도와드릴게요."

"그게 무슨……."

심미호의 말이 끝나기도 전에 초아가 관 하나를 들었다.

그러더니 배 위로 날아올랐다.

순간 멍하니 보던 심미호가 외쳤다.

"잠시만!"

그때 다시 옆에서 목소리가 들렸다.

"그냥 편하게 오르세요. 짐은 저희가 책임질게요."

이번에는 자청이란 무사였다.

자청이 남은 관을 들고 배 위로 날아올랐다.

순간 심미호는 힐끔 백미랑을 바라봤다.

백미랑도 멍한 표정이었다.

심미호가 허탈하게 웃었다.

"닭 쫓던 개 지붕 쳐다보는 꼴이네요."

"그보다 굴러들어 온 돌이 박힌 돌 빼낸다는 속담이 더 정확한 것 같은데요."

말을 마친 백미랑이 입술을 앙다물었다.

심미호도 진지한 표정으로 주먹을 말아 쥐었다.

자기 일을 빼앗긴 기분이었기 때문이다.

사실 적혈맹호대 대원 중 누가 관을 옮겨 준다고 하면 얼씨구나 하면서 환영할 것이었다.

그런데 새로운 인물이 끼어드는 것은 다른 일이었다.

주군인 한빈에게는 똑같은 수하일지 모르지만, 심미호는 달랐다.

그녀는 위기감을 느낄 수밖에 없었다.

심미호뿐 아니라 백미랑도 비슷했다.

백미랑도 진지한 표정으로 배에 오르는 초아의 뒷모습을 바라봤다.

백미랑의 눈은 이글이글 불타오르고 있었다.

❧

모두가 배에 오르자 초아가 한빈의 앞에 왔다.

"어떻게 할까요? 선주님."

"하북으로!"

"네. 명 받들겠습니다."

고개 숙인 초아가 앞쪽에 지시를 내렸다.

지시를 받은 무사가 바로 방향을 북쪽으로 돌렸다.

배는 순풍을 타고 천천히 전진했다.

그때 한빈이 손가락을 튕겼다.

딱.

그 소리에 반응한 것은 심미호였다.

심미호가 누구한테 빼앗길세라 현철로 만든 관을 들고 왔다.

심미호는 현철로 만든 관을 한빈의 앞에 조심스럽게 내려놨다.

현철로 만든 관에는 각종 약초와 독이 들어 있었다.

갑작스러운 상황에 적혈맹호대는 긴장한 듯 굳었다.

그들의 표정을 본 한빈이 손을 내저었다.

"다들 그렇게 긴장하지 말고 이쪽으로 와서 앉아."

한빈은 적혈맹호대 대원을 가리켰다.

그러고는 다른 이들도 불렀다.

한빈은 백경의 무사들도 불렀다.

곧이어 한빈은 현철로 만든 관의 뚜껑을 열었다.

순간 모두는 움찔하며 뒤로 물러났다.

모두의 표정에도 아랑곳하지 않고 한빈은 그곳에서 물건을 꺼내기 시작했다.

탁. 탁.

하얀 갑판 위에 한빈은 검은색 물건을 아무렇지 않게 꺼내 놓았다.

한빈의 모습에 초아를 비롯한 백경의 무사가 어깨를 움찔하고 떨었다.

하얀색에 집착하던 백의 흔적이었다.

백경의 인물들은 백색의 무복을 입고 있긴 해도 백처럼 하얀색에 집착하지는 않았다.

혈후와 백려만 하더라도 형형색색의 장신구를 꽂지 않았던가?

백려와 같이 온 서준도 백색 무복을 입긴 했어도 신발까지 흰색은 아니었다.

하지만 백은 달랐다.

이 갑판까지 백색으로 만들어 놓은 걸 보면 어지간히 하얀색에 집착한 것 같았다.

한빈은 이곳에 남아 있는 백의 잔재를 지우기로 했다.

그래야 온전히 자신의 배라 할 수 있었다.

이 배 자체가 백경이니, 온전히 선주라는 말을 들으려면 자신만의 흔적을 남겨 놓아야 했다.

지금 그 흔적을 남기려 하는 것이다.

그때 초아가 조심스럽게 다가왔다.

한빈은 갑판을 가리키며 초아에게 말했다.

"이제부터는 청소 안 해도 돼. 그럴 시간 있으면 수련이나 더 해."

"네?"

"이제부터 청소 안 해도 된다고."

"아무리 그래도……."

"지금부터는 움직이지 말고 앉아 있어."

"혹시 저희가 잘못한 거라도……."

"아니, 지금부터 환영회 좀 하려고 해."

"환영회라니요?"

"우리가 무당산에서 살아남았잖아."

"……."

초아는 눈만 끔쩍이며 아무 말도 하지 못했다.

어찌 보면 무모한 계획이었다.

자칫 잘못하면 백경 전체를 적으로 돌려야 할지도 몰랐다.

거기에 백이 속이 넘어가지 않는다면, 계획을 시작조차 할 수 없었다.

어쨌든 이번 전쟁에서 살아남은 것은 한빈이었다.

초아는 자신의 도박이 성공할 줄은 상상도 하지 못했다.

한빈에게 자신의 운명을 건 것은 순전히 복수심 때문이었
다.

자신의 고향이 사라졌다는 그 말 한마디에, 한빈에게 모든
것을 걸었다.

그 결과는 예상외로 성공이었다.

덕분에 이 배의 이인자 자리를 꿰차게 되었다.

초아는 이 배의 주인이 바뀌었다는 소식을 듣고 뛸 듯이
기뻐했다.

하지만 그 소식을 접한 다른 백경의 무사들은 두려움에 떨
었다.

백을 무력으로 꺾은 선주라면 무시무시한 인물이라고 생
각했던 것.

백이 있었을 때보다 더 긴장하고 있었다.

그 상황에서 이렇게 모이라고 하니, 한빈을 모르는 다른
무사들은 두려움에 떨 수밖에 없었다.

눈만 깜빡이던 초아가 조심스럽게 물었다.

"대체 이건 뭔가요? 선주님."

"보면 몰라? 이건 요리 도구들이야."

"요리 도구요?"

초아는 무슨 말인지 알 수 없었다.

그때 한빈이 현철로 만든 관의 모서리를 눌렀다.

탁.

순간 현철로 만든 관이 쪼개졌다.

정확히는 옆면의 네 판이 동서남북으로 활짝 열린 것이다.

한빈은 그 위에 요리 도구들을 올려놨다.

가장 중간에는 커다란 화로가 있었다.

한빈이 손가락을 튕겼다.

딱.

이번에는 설화가 보따리를 들고 달려왔다.

설화는 기다렸다는 듯 보따리에 있는 물건을 커다란 화로 안에 풀어놓았다.

투두둑.

우박 떨어지듯 보자기 안의 물건이 화로 속으로 들어갔다.

그 물건이란 것은 그냥 나무 조각들이었다.

정확히 말하면 장작.

그때, 언제 왔는지 청화가 화로에 불을 붙였다.

잘 말라 있던 장작은 금방 불을 피워 냈다.

불꽃이 화로를 타고 올라오자 한빈은 꼬치를 챙겼다.

색깔이 관과 똑같은 것으로 봐서 모두 현철로 만든 게 분명했다.

즉 한빈이 꺼낸 요리 도구는 모두 현철로 만든 것이었다.

사실 이 광경에 적혈맹호대도 놀라고 있었다.

그때 옆쪽에 있던 악비광이 조심스럽게 물었다.

"형님, 저희가 토끼라도 잡아 올까요?"

"그러기에는 육지에서 너무 멀리 떨어지지 않았어?"

"아."

"대신 고기는 저 안에 들어 있어."

한빈이 한기를 풀풀 풍기는 관을 가리켰다.

순간 모두의 눈이 커졌다.

가장 놀란 것은 빙관을 끌고 온 심미호였다.

물론 옆에 있던 백미랑도 놀랐다.

둘은 눈알이 밖으로 튀어나올 것처럼 놀랐다.

그때 초아가 슬그머니 다가와 심미호를 바라봤다.

"제가 도와드릴까요?"

"도와주는 건 좋은데, 지금 주군의 말이 무슨 뜻인지 알고 있나요?"

"선주님의 뜻은 지금 여기서 요리를 해 먹자는 말이잖아요. 그게 왜요?"

"그러니까, 그 뜻이 뭔지 알고 있냐고 묻는 거예요."

심미호의 목소리에는 살짝 날이 서 있었다.

초아가 어깨를 으쓱했다.

"그냥 요리를 말씀하시는 거잖아요. 이 배가 더러워질까 봐 걱정하시는 거예요? 물론 저희도 걱정돼요. 하지만 선주님의 뜻은 하늘의 뜻이에요."

"지금 요리의 재료가 뭔지 알아요?"

"선주님이 고기라고 하셨잖아요."

"그 고기가 무슨 고기인지 알고 있냐는 말이에요."

"그건 저도 모르죠."

초아는 심미호를 보며 눈을 가늘게 떴다.

그저 박힌 돌이 방어 태세를 취하는 것이 분명하다고 생각했다.

초아도 대충 상황은 알고 있었다.

적혈맹호대가 보내는 경계의 눈빛을 알아채지 못할 만큼 바보는 아니었다.

선주인 한빈과 인연을 맺은 것도 그들이 먼저였다.

세월의 무게를 초아는 알고 있었다.

하지만 운명의 무게는 다르다고 생각했다.

초아는 한빈과 만난 것이 운명이라고 확신했다.

적혈맹호대가 한빈과 함께한 인연까지 부정할 생각은 없었지만, 지금 같은 태도는 도발이라고 생각했다.

그때 심미호가 작은 목소리로 말했다.

"저 안에 백이 들어 있어요. 그것도 천잠사에 꽁꽁 묶인 채로 말이에요."

"자, 잠시만요. 그럼 고기라는 게……."

"백 말고 또 누가 있겠어요?"

"그럼 인······."

"그럴 가능성이 커요."

"그럼 여기 모인 사람이 사람을 먹어야 한다는 말인가요? 혹시 그게 선주님의 시험인가요? 심 부대주는 전에도 이런 적이 있었어요?"

당황한 초아가 질문을 쏟아 냈다.

조금 전 서운했던 감정은 어디에도 없었다.

오로지 심미호의 답이 급할 뿐이었다.

심미호가 떨리는 목소리로 답했다.

"저도 이런 경우는 처음이에요. 뱀 구덩이에 처넣어지고 땅굴 속에서 한 달 동안 생활하고 몇 날 며칠을 굶은 적이 있어도, 인육을 내민 적은 처음이에요. 이런 분이 아니신데······."

"아. 정말 고생 많이 하셨군요, 심 부대주."

"뭐, 이렇게 같은 식구가 됐으니 앞으로 사이좋게 고통을 나눠 봐요."

심미호가 초아의 손을 맞잡았다.

순간 초아의 눈빛이 살짝 떨렸다.

심미호의 말이 농담이 아니라는 것을 깨달았기 때문이었다.

맞잡은 심미호의 손이 떨리고 있었다.

거기에 옆에 있던 백미랑도 난감한 표정을 짓고 있었다.

이건 속임수가 아니라 실제 표정이었다.

"진짜였어요?"

초아가 백미랑에게 다시 물었다.

백미랑이 고개를 끄덕였다.

"백은 진짜 무시무시한 자였어요. 그렇다고 해서 이렇게 처단하는 것은……."

그들의 대화에 주변에 있던 백경의 무사들도 어깨를 가늘게 떨었다.

사람을 죽이는 것과 그것을 취하는 것은 전혀 다른 문제였기 때문이다.

사실 이런 황당한 상황을 곧이곧대로 믿은 이유는 한 가지.

백경의 선주 중 정상적인 사람이 없다는 것이 정설로 자리 잡았기 때문이었다.

백경뿐 아니었다.

악비광과 양예신마저 난감한 표정으로 시선을 돌렸다.

그중 양예신은 어찌할 바를 모르고 배의 가장자리로 자리를 피했다.

악비광이 결심한 듯 한빈의 옆으로 다가왔다.

"형님, 아무리 그래도 사람을 취한다는 것은……."

"그게 무슨 말이야?"

"저기 들어 있는 게 백이란 자라면서요? 형님이 지금 그자를 고기로 쓰자고 하셨잖습니까? 이건 정파의 도리가 아닌 듯싶습니다."

"백이 왜 저기 있어?"

"그건······."

악비광은 심미호와 백미랑을 바라봤다.

백미랑이 뛰어와서 조심스럽게 빙관을 가리켰다.

"여기에 백을 넣었잖아요, 팽 공자님."

"넣긴 했죠. 그런데 내가 왜 그런 혹을 달고 다닙니까?"

"이용 가치가 있다면서······."

"그건 보여 주기 위해서였죠. 대외적으로 우리는 백을 데려온 겁니다."

"그럼 백은 어디 있죠?"

"그건 비밀입니다."

한빈이 피식 웃으며 빙관을 열었다.

그러고는 그 안에서 고기를 꺼냈다.

토끼 고기부터 돼지를 비롯한 다양한 고기가 들어 있었다.

한빈은 아무렇지 않게 현철로 만든 꼬치에 고기를 꽂았다.

그러고는 화로 위에 꼬치를 나란히 놓았다.

지글지글 소리를 내며 고기가 익기 시작했다.

가장 눈을 빛내는 이들은 초아와 백경의 무사들이었다.

한빈이 고개를 갸웃하며 물었다.

"고기 처음 본 사람처럼 왜 그래?"

"처음이에요."

"이제까지 고기를 먹어 본 적이 없다고?"

"신선이 되기 위해서는 육류는 금지예요."

"그럼 안 먹을 거야?"

"아니에요. 먹을 겁니다."

"신선이 되기 위해서는 육류를 금해야 한다면서?"

"선주가 먹으면 예외거든요."

"그래, 선주가 신선이 아니니 상관없겠지."

한빈이 피식 웃었다.

반선인 백을 평범한 인간인 한빈이 이겼다.

이것은 명백한 사실이었다.

한빈은 꼬치를 하나 들어서 초아에게 내밀었다.

초아가 한 입 베어 물더니 눈을 동그랗게 떴다.

"마, 맛있어요."

말을 마친 초아가 그 꼬치를 옆에 있는 동료에게 넘겼다.

그 모습에 한빈이 손을 들어 막았다.

"일 인당 하나씩. 돌려 먹기는 금지."

"네?"

"이거 옆에 있는 친구한테 줘."

한빈은 꼬치를 하나씩 들어서 초아에게 건넸다.

초아는 그 꼬치를 동료들에게 나눠 줬다.

백경의 무사 모두가 꼬치 하나를 손에 쥐고 있었다.

서로 눈치를 보던 그들은 너 나 할 것 없이 꼬치를 입에 넣었다.

한빈은 재빨리 다시 꼬치를 굽기 시작했다.

고기는 많고 불도 활활 잘 타고 있었다.

다른 이들은 백경의 무사들이 다 먹을 때까지 기다리고 있었다.

태어나서 고기를 처음 먹어 본다는 그들의 말 때문이었다.

그때부터였다.

백경의 갑판 위에는 고기와 술이 끊이지 않았다.

바람이 불어오자 주향은 천천히 강물 위로 퍼져 나갔다.

달이 떴지만 그들의 술잔은 멈추지 않았다.

처음에 놀라 자리를 피했던 양예신도 이제는 술잔을 놓지 않게 되었다.

술기운 때문일까.

묘한 경쟁심으로 서로를 경계하던 악비광과도 이제는 친해졌다.

악비광이 살짝 혀 꼬부라진 목소리로 말했다.

"양 형이 난화만창을 전개한다면 나는 악룡점창으로 틈을 노릴 겁니다."

난화만창은 꽃잎이 흩어지듯 창을 넓게 휘두르는 초식이었고, 악룡점창은 하나의 점을 노리는 찌르기 초식이었다.

"그렇다면 나는 반보 옆으로 피해서 만파식적의 초식을 쓰겠네."

"그렇게 내 머리를 노리시겠다는 거군요. 너무 악랄하지 않겠습니까?"

"악랄할 것까지야 없지 않나? 그 정도는 악 아우가 아무렇지 않게 튕겨 낼 테니."

그들은 때아닌 논검으로 열을 올리고 있었다.

그들의 옆에는 새로 온 식구인 초아와 심미호가 술잔을 마주하고 있었다.

"내가 주군을 처음 만났을 때만 해도 이렇게 될 줄은 진짜 몰랐어요."

"저도요. 그때는 서로 죽이려고 으르렁댔는데 말이죠."

초아도 방긋 웃었다.

처음 먹는 고기가 그녀의 경계심을 완벽하게 허물었다.

술도 마찬가지였다.

오늘 처음인 것이 초아에게는 너무도 많았다.

다른 백경의 무사들도 마찬가지였다.

빙관에는 아직도 고기와 백아주가 많이 남아 있었다.

죽엽청도 몇 병 있지만, 그들의 선택은 당연히 백아주였다.

그때 심미호가 고개를 갸웃했다.

그 모습에 초아가 물었다.

"심 언니, 왜 그래요?"

술과 고기는 호칭마저 바꾸어 놓았다.

심미호가 먼 산을 가리키며 말을 이었다.

"백은 어디 있을까? 도망치지는 않겠지?"

"그거야 선주님이 잘 처리하셨겠죠. 안 그래요? 백 언니."

질문을 받은 백미랑이 빙긋 웃었다.

"그건 걱정 안 해도 돼. 팽 공자님이 백에게 건 금제를 내가 봤거든. 그거라면 백은 아무 짓도 못 해. 이제는 강호에 나와서 해코지할 일은 없으니까. 걱정 붙들어 매라고."

"하긴, 주군이 잘 숨겨 놨다고 하니 괜찮겠지."

심미호가 달을 보며 웃었다.

그때 초아가 술잔을 들었다.

"한잔 더 해요, 언니들."

잔 부딪치는 소리가 강물 소리와 섞였다.

그것은 마치 악기 소리처럼 은은하게 퍼졌다.

같은 시각.

태극전에서는 이곳에 남은 수뇌부가 머리를 감싸고 있었다.

그곳에는 십대세가와 구대문파의 주요 인물들과 태극검제가 자리하고 있었다.

그들의 주제는 딱 하나였다.

백경이란 세력에 대한 것이었다.

태극검제는 그들에게 있었던 일 그대로를 전했다.

인간의 한계를 벗어난 한빈과 백의 대결을 듣던 모두는 마른침을 삼켰다.

물론 이들에게도 한빈이라고는 말하지 않았다.

그냥 청운사신과 백의 대결이라고 거짓으로 말할 수밖에 없었다.

물론 청운사신이 가상의 인물이라는 것은 태극검제도 알고 있었지만, 이렇게 설명할 수밖에 없었다.

한빈의 무공은 태극검제 자신도 믿을 수 없으니 말이다.

태극검제는 조용히 태극전의 석문을 바라봤다.

이제 뇌옥도 완벽하게 복구됐다.

모든 것이 한빈 덕분이었다.

한빈은 여러 명의 기억을 토대로 각종 기관 장치와 통로를 상세하게 알려 주었다.

본래대로 복구된 뇌옥은 이제 두 가지 기능을 모두 수행할 수 있었다.

이제 뇌옥은 완벽한 감옥이자 완벽한 피신처가 되었다.

그 첫 번째 손님이 바로 백이었다.

강호인 중 백의 존재를 아는 자는 없었다.

여기 모인 이들 중에도 일부밖에 없었다.

백의 처리를 놓고 태극검제는 한빈과 꽤 많은 대화를 나누었다.

결론은 뇌옥을 이용하자였다.

물론 겉으로는 다른 행동을 취하는 척해야 했다.

백경의 다른 선주였던 백려와 서준이 지켜보고 있다고 확신했기 때문이다.

그래서 속임수를 쓴 것이다.

이곳에 있는 이들조차 한빈이 백을 데려갔다고 생각하고 있었다.

이를 아는 것은 현문과 무영밖에 없었다.

그때였다.

정의맹의 군사인 제갈공민이 눈을 가늘게 뜨고 물었다.

"청운사신과 백경의 고수는 어떤 무공으로 겨루었습니까? 지금 경천동지할 무공이라고만 말씀하시지 않았습니까?"

"그건 내가 말하겠소."

한발 먼저 나선 이는 무영이었다.

무영은 사태가 수습되기 전까지 이곳에 남아 있기로 했다.

말을 마친 무영이 기운을 서서히 피워 냈다.

순간 그의 오른손이 백색의 광채를 뿜어냈다.

바로 그들과 비슷한 백색의 기운이었다.

모두는 오른손에서 피어오르는 백색의 기운에 눈을 크게 떴다.

강호인들의 진기와는 다른 기운이었다.

제갈공민이 조심스럽게 물었다.

"대사님, 그건 혹시 그것은 신선의……?"

"신선의 기운은 아니오."

"그럼 대체 뭡니까?"

"그저 탈경의 초입일 뿐이오."

"탈경이란 강호인들이 말하는 화경을 넘어 아예 다른 차원의 경지를 일컫는 말 아닙니까? 대사님."

"그렇소이다. 그런데 이건 초입일 뿐이오."

"그럼 백경의 고수가 탈경의 경지에 이르렀단 말입니까?"

"그렇소."

무영이 고개를 끄덕였다.

강선의 경지를 설명하기에는 탈경이란 단어가 가장 비슷했다.

제갈공민이 다시 물었다.

"그럼 청운사신도 같은 경지입니까?"

"그렇소."

"흠, 그럼 오직 청운사신만이 그들과……."

제갈공민이 고개를 갸웃했다.

무영이 자신의 무공을 일컬어 탈경의 초입이라고 한 말이 떠올랐기 때문이다.

제갈공민이 다시 말을 이었다.

"그럼 대사님도 탈경의 경지에 발을 들이셨다는 말입니까?"

"그렇소이다. 그래서 내가 제안 하나를 할까 하오."

무영의 눈이 유난히 빛났다.

천의

무영의 말에 모두는 마른침을 삼켰다.

다른 이들이라면 몰라도 여기 모인 고수들은 무영의 정체에 대해서 알고 있었다.

무림삼존 중 일존이라 불리는 일지대사의 스승.

무공의 경지는 논외로 치고 배분만으로도 모두를 압도하는 고수였다.

그런데 지금 보니 무공마저도 인간의 경지를 벗어나 있었다.

그런 무영의 제안이었다.

힘으로 누른다면 군말 없이 받아들여야 하는 상황이기에 긴장할 수밖에 없었다.

과연 어떤 말이 그의 입에서 튀어나올 것인지가 관건.

모두가 마른침을 삼키고 있을 때, 무영이 입을 열었다.

"얼마 전 일전에서 내가 느낀 게 하나 있소이다."

"말씀하시지요."

제갈공민이 고개를 끄덕였다.

말은 공손했지만, 일단 본론을 빨리 말하라는 눈빛이었다.

무영이 온화하게 웃으며 말을 이었다.

"나는 이번에 얻은 깨달음을 내놓겠소."

"자, 잠시만 기다리십시오. 지금 깨달음이라고 하셨습니까?"

"사문의 규율에 어긋나지 않는 한 비급도 내놓겠소."

"비급이라고 하면 소림의 비급을 말씀하시는 겁니까? 어르신."

"그렇소. 그리고 영약도 내놓겠소, 군사."

무영이 눈을 가늘게 뜨며 턱짓했다.

순간 제갈공민은 뒤통수를 얻어맞은 것처럼 멍해졌다.

지금 소림제일의 고수가 비급을 내놓고 깨달음을 공유하겠다고 한 것이다.

더욱이 표정을 보면 그러니 알아서 행동하라는 듯했다.

제갈공민은 백색 기운이 맺힌 무영의 오른손을 바라봤다.

지금은 주먹을 불끈 쥐고 있다.

이것은 무언의 압력.

생각해 보니 한빈이 떠나기 전 말해 준 계획의 시작이 분명했다.

제갈공민이 슬쩍 무영의 눈치를 봤다.

무영이 환하게 웃으며 고개를 끄덕였다.

이제 무영의 의도는 확실해졌다.

무영은 지금 판을 깔려고 하고 있었다.

제갈공민은 팔짱을 끼고 잠시 생각에 잠겼다.

한빈은 몇 가지 계획을 제갈공민에게 털어놨다.

그것은 하나의 조직을 새로 만드는 것이었다.

작지만 강한 조직.

그리고 그것을 키워 낼 힘이 필요했다.

그 힘을 무영이 주겠다고 나선 것이다.

이제 서로가 명분을 공유하면 되었다.

제갈공민은 팔짱을 풀고 모두를 바라봤다.

"지금, 무영 대사님께서 탈경의 깨달음을 공유하겠다고 하셨습니다. 그럼 저희도 내놓는 게 있어야겠지요. 우리 제갈세가는 진법과 병법 그리고 기관에 관한 지식에 담겨 있는 천기수사(天氣修史)를 내놓겠습니다."

순간 모두가 웅성거리기 시작했다.

천기수사는 제갈세가 천년의 지혜가 담긴 비급이었다.

제갈세가 최고의 비급을 내놓겠다고 한 것이니 놀라지 않을 수 없었다.

웅성거림이 잦아들자 제갈공민은 눈을 가늘게 떴다.

"모든 지혜와 힘을 모아서 앞날에 대비해야 할 것 같습니다. 그러기 위해서는 큰 조직은 필요 없습니다. 저도 무가지회와 이번 영웅 대회에서 일을 겪고 나니 느낀 바가 있습니다."

"그게 무엇이오?"

황보만청이 묻자 제갈공민이 아무렇지 않게 답했다.

"그건 바로 제가 떨거지임을 알게 되었다는 겁니다."

"지금 그게……."

"솔직히 그렇지 않습니까? 적을 마주했을 때 제가 어떤 도움을 주었습니까? 누군가에게 도움을 받기만 했지, 도움을 준 적은 없습니다. 정파의 무인이 힘을 갈망하는 이유가 무엇입니까? 정의 실현이 아닙니까? 그런데 막상 적에게는 그어떤 힘도 통하지 않았습니다. 아니, 어떤 일이 일어나는지도 몰랐습니다."

"너무 자책 마시오, 군사."

"제 직책이 정의맹의 군사입니다. 정의맹의 모든 자리를 총괄하는 자리입니다. 그런데도 적의 흔적조차 찾지 못했습니다. 이번 일도 마찬가지입니다. 누군가의 귀띔이 없었다면 무슨 일이 벌어질지 아예 알 수 없었을 겁니다."

물론 제갈공민이 말한 누군가는 한빈이었다.

제갈공민의 말에 모두는 고개를 숙였다.

황보만청도 미간을 좁혔다.

가장 큰 문제는 무슨 일이 벌어지는지 모른다는 점이었다.

황보만청도 가문에 적이 숨어들었다는 것을 알게 된 지 얼마 되지 않았다.

하북팽가의 사 공자가 아니었다면 지금쯤 황보세가는 누군가의 손에 의해 꼭두각시처럼 움직이고 있을 터였다.

황보만청이 입을 열었다.

"우리가 어찌해야 하는지 군사가 말해 보시오."

"힘을 모아야 합니다. 믿을 수 있는 사람끼리 말입니다. 지금 보면 여기에 모인 사람들에게는 공통점이 있습니다."

"무슨 공통점이오?"

"청운사신의 후인인 팽 공자와 관계를 맺고 있다는 점이지요."

말을 마친 제갈공민이 고개를 돌려 모두를 바라봤다.

그 시선에 그들은 서로를 확인했다.

생각해 보니 그들은 하나같이 한빈과 인연이 있었다.

하남정가도 그렇고 산동악가도 똑같았다.

물론 사천당가는 말할 것도 없었다.

십대세가뿐이 아니었다.

소림과 무당 그리고 화산파까지 한빈과 엮여 있었다.

서로를 바라보던 이들은 고개를 끄덕였다.

문파와 무림세가를 대표하는 이들이 한 인물과 인연을 맺고 있다는 것이 신기하기 짝이 없었다.

그들 중 하나는 조용히 한 걸음 뒤로 물러나 시선을 피했다.

그는 다름 아닌 서재오였다.

매화검협이란 이름으로 강호에 알려졌지만, 서재오가 이름을 떨친 것은 모두 한빈 덕분이었다.

그 명성 덕분에 화산파의 대표로 영웅 대회에 참석했다.

어쩌다 보니 영웅 대회가 끝나고 이루어진 비밀 모임에까지 발을 걸치게 되었다.

그때까지만 해도 서재오는 기뻤다.

하지만 지금 대화를 나누다 보니, 화산을 대표해서 자신이 결정할 수 있는 것이 아무것도 없음을 깨달았다.

거기에 이곳에 모인 이들은 천하 십대세가의 가주와 구대문파의 장문인 혹은 그의 스승이 아니던가?

묘하게도 매화검수라는 자리가 작아 보였다.

그때였다.

제갈공민이 서재오를 바라봤다.

"매화검협께서는 어떻게 생각하시오?"

"저는……."

"그냥 팽 공자의 친구로서 말하면 됩니다. 굳이 화산파의 짐까지 짊어지지 않아도 되니 편하게 말씀하시오."

"아."

서재오는 허탈하게 탄성을 토해 냈다.

생각해 보니 이곳에 같이하게 된 것은 화산파의 이름 때문이 아니었다.

매화검협이라는 허명 때문은 더더욱 아니었다.

오로지 한빈과의 친분 때문에 이런 말도 안 되는 자리에 같이하게 된 것이었다.

긴 탄성의 끝에 서재오가 답했다.

"저도 동참하겠습니다. 물론 제 능력이 닿는 선에서 말입니다. 제 능력이 닿는 선에서, 아니 제 목숨이 허락하는 선에서 최선을 다하겠습니다."

그의 대답에 제갈공민이 입꼬리를 살짝 올렸다.

이것이 바로 제갈공민이 원하는 답이었다.

비급이 아닌 목숨을 걸었다는 사실 하나만으로 이곳에 모인 고수들의 눈빛을 바꿀 수 있었다.

황보만청이 가볍게 손뼉을 쳤다.

"역시 젊은이의 기개는 우리가 못 쫓아가겠군. 하하."

한참을 웃던 황보만청이 고개를 갸웃했다.

황보만청이 처음 보는 이가 있었다.

그것도 상석인 무영의 옆에 앉아 있었다.

"그대는 뉘신가?"

순간 모두의 시선이 그쪽으로 몰렸다.

모두의 시선을 한몸에 받은 이는 다름 아닌 악필승이었다.

악필승은 한빈의 지시로 잠시 무영의 곁에 남아 있기로 했다.

하지만 계획대로라면 이곳에 들어올 일도 없었다.

그런데 무영이 일방적으로 끌고 들어온 것이다.

들어와서 보니 앞으로 무림의 미래를 좌우할 이야기들이 오가고 있었다.

그들의 이야기에 악필승은 공감하지 못했다.

악필승은 적이 중요한 것이 아니라 그저 오늘 먹을 맛있는 요리가 중요했다.

그냥 매 끼니가 행복하면 그만이었다.

그때 제갈공민이 웃으며 대신 답했다.

"이분은 하북팽가 조향각의 각주이십니다."

"조향각이라면……."

"세가의 식사를 담당하는 중요한 곳이지요. 악 소협은 우리의 계획에 있어서 중요한 일을 맡아 주실 예정입니다."

"제가요?"

악필승은 자신도 모르게 물었다.

정말 금시초문이었다.

그들이 나누는 대화를 들어 보면 자신이 여기서 맡을 일은 없었다.

제갈공민이 다시 말했다.

"맞습니다. 악 각주는 저희와 함께하실 겁니다."

"저는……."

"싫습니까?"

제갈공민이 살짝 상체를 기울이며 물었다.

그런데 미간을 좁힌 것이, 반협박이었다.

악필승은 주위를 둘러봤다.

모두가 고개를 끄덕이고 있었다.

여기서 자신의 의지는 상관없었다.

악필승은 조용히 어딘가를 바라봤다.

하북팽가가 있는 북쪽이었다.

아무리 생각해도 주군인 한빈이 자신을 이들에게 넘겼다는 기분이 들었다.

그때 제갈공민이 말했다.

"팽 공자가 둘 중 하나를 선택하라고 하더군요. 저희를 돕든지 아니면 천수장에서 처음부터 훈련을 시작하든지 말입니다."

악필승은 자신도 모르게 비명을 질렀다.

"악!"

"흔쾌히 응해 주셔서 감사합니다."

제갈공민이 웃자 모두가 손뼉을 쳤다.

악필승은 일단 표정을 수습해야 했다.

여기서 거부했다가는 목이 백 개라도 남아나지 않을 것이었다.

그들은 제법 많은 대화를 나누었다.

이곳에 있는 가문에서는 무영의 깨달음을 나눌 후기지수 한 명씩을 보내기로 했다.

물론 비급과 영약도 말이다.

그 후기지수 중 하나라도 탈경의 고수가 되면 남는 장사라는 것이 그들의 뜻이었다.

그러기 위해서는 모든 힘을 한곳으로 모아야 했다.

그들은 내친김에 인재 선별까지 했다.

산동악가는 소가주인 악비광을 보내겠다고 했고 하남정가는 셋째인 정효지를 선택했다.

제갈세가는 첫째인 제갈휘를 보내기로 했다.

그때 태극검제도 입을 이었다.

"우리 무당에서는 수운을 보내겠소. 화산은 누구를 보내겠는가?"

"화산은……."

서재오의 말이 끝나기도 전에 제갈공민이 나섰다.

"화산에서는 당연히 후기지수 중 무공이 가장 높은 매화검협이 와야지 않겠습니까?"

"허허, 그럼 어느 정도 그림이 나오겠군."

태극검제가 웃자 서재오는 아무 말도 하지 못했다.

서재오도 그제야 느꼈다.

자신이 여기에 참석할 때부터 모든 밑그림은 그려져 있었다는 것을 말이다.

서재오는 힐끔 고개를 돌렸다.

그곳에는 자신과 비슷한 표정을 한 이가 있었다.

그는 다름 아닌 악필승이었다.

그때 악필승이 고개를 돌렸다.

표정만 보면 완전히 동경을 보는 것 같았다.

그때였다.

태극전의 문이 열렸다.

덜컹.

밖은 어두컴컴했다.

벌써 새벽이 된 것이다.

밖에서 차가운 새벽바람이 몰아쳤다.

휘익.

그 차가운 바람을 타고 청색 무복의 신형이 날아왔다.

신형의 주인은 노파였다.

그 뒤로 같은 청색 무복의 신형이 하나 더 날아왔다.

그들을 본 태극검제의 눈이 커졌다.

"대체 저들이 왜……."

그도 그럴 것이, 지금 태극전에 들이닥친 이는 강남 사도
련의 인물이었다.

사도련의 수장인 독고진과 그의 누이인 독고련.

사파의 거두 둘이 한 번에 모습을 드러낸 것이다.

그중 독고련은 다급하게 장내를 살폈다.

그 모습을 바라보던 정파의 고수들은 뭐라 할 말을 잃었다.

그 정도로 그들의 등장은 충격적이었다.

갑작스러운 상황에 모두가 당황하고 있을 때, 제갈공민이 한 발 앞으로 나갔다.

"두 분 대협께서는 무슨 일로 걸음 하셨는지요?"

"정의맹의 군사군. 그놈은 어디 있나?"

독고련이 눈을 가늘게 뜨고 묻자 제갈공민이 고개를 갸웃했다.

"누구를 말씀하시는지요?"

"우리 손녀사위 말일세."

"손녀사위라니요? 혹시 잘못 오신 게 아닙니까?"

"팽가 놈 말일세. 내 손녀사위가 위험하다고 해서 이렇게 달려왔네."

"팽가라면 혹시……."

제갈공민은 조용히 뒤쪽에 있는 팽혁빈을 바라봤다.

그러자 자연스레 모두의 시선이 돌아갔다.

갑자기 쏟아지는 시선에 팽혁빈이 손을 저었다.

"제가 아닙니다, 군사님."

"여기서 팽 소협 말고 또 누가 팽씨 성을 쓴다는 말입니까?"

"저분들이 말하는 건 아마도 제 아우일 겁니다."

평혁빈의 말에 제갈공민이 눈을 빛냈다.

그사이에 독고련은 조용히 태극검제에게 다가왔다.

"오랜만에 뵙네요, 장문인."

독고련의 말투가 달라졌다.

나이 든 노파가 아닌 젊은 여인처럼 수줍은 얼굴로 웃었다.

태극검제도 미소를 지었다.

"독고 대협도 오랜만이외다."

"얼핏 보니 성취가 있으셨던 것 같네요. 축하드려요."

독고련이 진심이 담긴 눈으로 활짝 웃자 태극검제가 마주 웃었다.

"독고 대협도 성취가 있으셨구려."

"모두가 손녀사위 덕분이죠."

독고련의 눈가에 기분 좋은 주름이 잡혔다.

태극검제는 조용히 고개를 끄덕였다.

"나도 마찬가지라오."

"흠, 내 손녀사위가 기연을 흘리고 다닌다고 들었는데, 그게 맞는 것 같군요."

"나도 그 말에는 동의하오."

태극검제가 웃으며 옆을 바라봤다.

그곳에는 어느새 기세를 거둔 무영이 담담한 눈빛으로 상황을 지켜보고 있었다.

무영을 본 독고련의 눈이 커졌다.

"혹시 일지대사의 스승이신……."

"그렇소이다. 오랜만에 뵙는군요."

무영이 답하자 독고련이 재빨리 표정을 수습했다.

"네, 오랜만이네요."

"그간 잘 지내셨소?"

"저는 잘 지냈습니다. 그런데 그동안 무엇을 하고 계셨나요?"

"벽만 바라보고 깨달음을 구했다오."

"그래서 깨달음을 얻으셨나요?"

"얻었다고 생각했는데 그게 깨달음이 아니었소이다."

"그럼……."

"알고 보니 깨달음은 벽이 아닌 사람에게 있었소. 면벽을 깨고 진정한 깨달음을 얻었소이다."

"축하드려요."

독고련이 활짝 웃었다.

그 둘의 대화는 조금 이상했다.

무영은 오십 년 전에 자취를 감췄다가 이번에 모습을 드러낸 인물이었다.

그런데 둘이 어찌 안다는 말인가?

중간에 선 제갈공민은 일단 사도련에서 온 두 손님, 즉 독고련과 독고진에 자리를 내주었다.

지금 회의에서 중심은 태극검제가 아닌 무영이었다.

한빈이 자리에 없으니 그들은 무영의 손님.

백경의 대응 방안에 대해 대충 이야기가 끝난 상태이니, 그들을 자리에 앉히는 것이 옳았다.

가장 중요한 것은 사도련의 의도였다.

분명히 이곳에 들어오면서 손녀사위가 위험해서 왔다고 했다.

손녀사위란 한빈을 말함이 당연했다.

그렇다면 사도련은 백경을 적으로 보고 있다는 말이었다.

물론 사도련에서 온 두 손님이 백경이란 이름까지 알 수는 없겠지만 말이다.

때에 따라서 그들은 든든한 아군이 될 수도 있다는 말이었다.

제갈공민이 진지한 표정으로 사도련의 두 손님을 바라보고 있을 때, 무영이 모두를 바라봤다.

모두는 무영과 독고련을 번갈아 보고 있었다.

둘의 관계가 궁금하다는 것이다.

모두의 의문을 알고 있다는 듯 무영이 고개를 끄덕이더니 말을 이었다.

"이분은 오래전 전우였다. 아마 마교가 중원 땅을 밟았을 때의 일이었지……."

무영은 제법 긴 이야기를 시작했다.

그는 할아버지가 손주에게 옛날이야기를 들려주듯 아무렇지 않게 계속 이야기를 이어 갔다.

정파와 사파가 어떻게 하나가 되었는가 하는 이야기부터 시작했다.

외부 세력이 중원 땅을 밟는 순간, 정파와 사파의 구분이 없어진다는 것이 핵심이었다.

그는 독고련과의 이야기를 꽤 자세히 설명했다.

어디에서 같이 싸웠는지.

어떻게 살아남았는지 말이다.

어쨌든 중요한 건 오래전 둘은 등을 맡겼던 전우였다는 점이었다.

무영은 그 이야기를 반 시진 가까이 이어 나갔다.

말을 마친 무영은 찻잔을 들어 입술을 적혔다.

그러고는 다시 모두를 바라봤다.

무영의 시선이 마지막으로 향한 곳은 제갈공민이었다.

그 눈빛은 꽤 의미심장했다.

"내 의견이 어떠한가?"

"그게 지금 무슨 말씀입니까?"

제갈공민은 고개를 갸웃했다.

하지만 눈빛으로는 무슨 뜻인지 알겠다는 듯 답하고 있었다.

아주 짧은 시간에 오간 눈빛이었지만, 완벽하게 서로의 의중을 읽고 있었다.

제갈공민은 무영의 뜻에 동의했다.

무영이 독고련과의 관계를 그리 길게 늘어놓은 이유는 간단했다.

독고련이 믿을 수 있는 아군이라는 말이었다.

정파와 사파는 평소에는 불과 얼음처럼 상극이지만, 외부에서 적이 들어오면 이야기가 달라졌다.

사도련은 현재 상황에서 가장 믿을 수 있는 아군일지도 몰랐다.

거기에 더해 이곳에 모인 이와 똑같이 한빈과 인연이 있었다.

문제는 다른 사람들이었다.

항상 사도련과 이익 때문에 싸우던 가문들이 대부분이었다.

같은 정파끼리도 이권 때문에 서로 검을 맞대는 판에, 사도련과 문제가 없을 리가 없었다.

즉, 무림세가의 몇몇은 사도련을 이번 일에 끼워 넣는 데 반감을 품을 수밖에 없었다.

하지만 지금 사도련은 굴러들어 온 호박이었다.

이곳에 모인 무림세가와 문파가 아무리 힘이 있다고 해도, 사도련은 단일 단체로는 최고의 무력을 지닌 집단이었다.

그 집단의 수장이 이곳을 찾았다.

그렇다면 설득해서 한 발 걸치게 만드는 것이 순서였다.

지금의 적은 정파와 사파 공통의 적이니 말이다.

서로 눈빛을 주고받은 무영이 눈을 가늘게 떴다.

"지금 내가 한 말을 들었을 것이 아닌가?"

"네, 들었습니다. 모두 옛날이야기가 아닙니까? 그때의 이야기는 저도 대충 들어서 알고 있습니다."

제갈공민이 모른 척 말을 받았다.

하지만 눈빛으로는 계속 무영과 대화를 주고받고 있었다.

지금 몇 번의 대화로 모두의 관심을 끌어야 했다.

무영이 다시 말했다.

"그러니 말일세. 그때의 적과 지금의 적 중 누가 더 강한가?"

말을 마친 무영은 다시 주위를 둘러봤다.

무영이 말한 그때의 적은 마교.

지금의 적은 백경이었다.

둘 중 누가 더 강한가를 알고 있는 자는 이곳에 몇 명 되지 않았다.

백경의 진짜 힘을 본 자는 태극검제와 현문, 무영이 전부였다.

모두가 아무 말 없자 무영이 답했다.

"답은 뻔하지 않은가? 그들이 무서워 지금 이렇게 전전긍

궁하고 있으니 말일세. 만약 마교가 쳐들어왔다면 너 나 할 것 없이 천산을 향해서 진격했을 것이 아닌가? 마교를 막을 때도 정파와 사파가 힘을 합쳐 겨우 막았지 않은가? 그렇다면 지금은 어떻게 해야 하겠는가?"

말을 마친 무영이 제갈공민을 향해서 턱짓했다.

시선을 받은 제갈공민이 자리에서 일어나 천천히 입술을 뗐다.

"저는 사도련의 두 분과 이 사안을 같이 논의해야 한다고 봅니다. 외부의 적 앞에서 정파와 사파의 구분이 어디 있겠습니까?"

말을 마친 제갈공민은 모두를 향해 포권했다.

정중한 예로 동의를 바라는 것이다.

그때였다.

독고련이 고개를 갸웃했다.

"혹시, 그자들이 백경인가?"

"어떻게 아셨습니까?"

제갈공민이 눈을 가늘게 떴다.

백경이란 단어를 알고 있으리라고는 생각도 못 했다.

그 이름은 오늘의 자리에서도 대화가 깊어지고 나서야 언급되었다.

독고련이 고개를 돌려 독고진을 바라봤다.

시선을 받은 독고진이 자리에서 일어났다.

자리에서 일어난 독고진은 상의를 벗었다.

독고진이 누구던가?

강호를 벌벌 떨게 만드는 사도련의 수장이었다.

거기에 불필요한 행동을 하지 않는 이로 알려져 있었다.

심상치 않은 행동에 모두는 긴장한 표정으로 마른침을 삼켰다.

독고진은 마지막 남은 속옷도 모두 벗었다.

그러고는 몸을 돌렸다.

그의 등에는 푸른색 멍이 깊게 들어 있었다.

그 멍은 손바닥 모양의 자국이었다.

제갈공민이 물었다.

"그 상처는 대체 무엇입니까?"

"백경에게 당한 상처라오."

이것은 사실이었다.

한빈이 기사회생의 수법으로 살리지 않았다면, 독고진은 이 세상 사람이 아니었을 것이다.

사정을 모르는 제갈공민이 당황한 표정으로 물었다.

"그게 무슨 말씀입니까?"

"이건 하북팽가를 돕다가 입은 상처요."

뒤쪽에 있던 황보세가의 황보만청이 입을 벌렸다.

"아."

그때의 일이 기억났기 때문이었다.

위씨세가의 가주와 하북팽가 사 공자의 대결은 강북에서는 꽤 유명했던 일화였다.

물론 황실의 개입으로 널리 퍼지지는 않았었다.

하지만 무림세가에서는 그때의 사실을 대충 알고 있었다.

그 당시 가주의 동생과 가주의 자식이 탈출했다는 소문이 있었다.

그들을 쫓던 고수 하나가 공격을 받고 죽을 고비에서 겨우 살아남았다는 것도 알고 있었다.

지금 들어 보니 그 고수가 사도련의 독고진이었다.

당시의 일은 사천당가의 무가지회 바로 뒤에 일어난 일이라서 귀를 쫑긋 세우고 정보를 수집했었다.

황보만청은 다른 이들에게 자신의 전음을 보내기 시작했다.

순간 무림세가 수장들의 눈빛이 달라졌다.

실제로 백경의 고수와 마주한 이를 봤다는 것이 놀라웠다.

그런데 그가 사도련의 수장인 독고진이었다니!

거기에 백경과 맞서 싸우다 입은 상처까지 똑똑히 남아 있었다.

누가 봐도 그 상처는 중원 무공의 흔적이 아니었다.

그들은 독고진의 상처에서 눈을 떼지 못했다.

모두가 그 상처를 입힌 고수의 경지를 추측하기 시작했다.

그것도 잠시, 그들은 어깨를 가늘게 떨었다.

상대는 감히 추측할 수 없는 경지의 무인이었기 때문이다.

"대체……."

황보만청이 말끝을 흐리자 나머지 가주도 수염을 쓸어내렸다.

자신의 상처까지 보여 준 독고진 덕분에 이야기는 빠르게 진전되었다.

사도련도 이번 계획에 참여하기로 하고 지원을 약속했다.

이제 그들이 모일 장소가 필요했다.

장소를 의논하던 도중 독고진이 손을 들었다.

"나는 하북에 거점을 마련하는 것이 좋다고 보오."

"흠, 하북이라……. 괜찮군요."

제갈공민도 고개를 끄덕였다.

그때 무영이 답했다.

"아예 천수장을 거점으로 정하는 것이 어떻겠소?"

"흠, 좋은 생각입니다."

독고진이 찬성하자 제갈공민도 눈을 빛냈다.

그들은 천수장을 거점으로 정하고 조직의 이름까지 만들었다.

사도련이니 정의맹이니 하는 기존의 이름을 벗어던지고, 천의(天意)라는 이름을 쓰자고 했다.

이유는 간단했다.

그들의 거점인 천수장의 이름을 딴 것이다.

그 이름에는 명분도 있었다.

중원을 지키는 것이 바로 하늘의 뜻.

모든 일이 일사천리로 정해지자 그들은 찻잔 대신 술병을 들었다.

술이 오가자 조용히 있던 팽혁빈이 물었다.

"죄송하지만 독고 대협. 우리 한빈이와 혼례를 약속한 처자가 누구입니까?"

팽혁빈의 말에 독고련은 입으로 가져가던 술잔을 멈췄다.

사실, 한빈과 혼약을 주고받은 적은 없었다.

그저 속으로 계획만 하고 있었을 뿐.

독고련의 손녀는 열다섯도 안 된 꼬맹이.

이 자리에서 밝힐 수는 없었다.

그때 사도련주 독고진이 나섰다.

"그건 비밀이네."

"네? 제가 그놈의 형인데요. 저는 알아야 하지 않습니까?"

"그래도 비밀이네."

독고진은 진득한 살기를 쏘아 냈다.

이 때문에 팽혁빈은 더는 물을 수 없었다.

팽혁빈은 사도련과 한빈의 관계를 대충은 알고 있었다.

하지만 혼약을 제안받은 사실은 단연코 없었다.

"하북으로 돌아가면 아우에게 자초지종을 물어보겠습니다."

"그것도 아니 되네."

"아니, 아우에게 물어보는 것도 안 되다고요?"

"팽 소협은 모르는 일이니 말일세."

독고진이 당연하다는 듯 말했다.

독고진의 이야기를 들어 보면 모든 것이 자신들만의 계획이라는 말이었다.

독고진의 말에 팽혁빈은 턱이 빠질 듯 입을 벌렸다.

"헉."

순간 팽혁빈의 표정이 묘해졌다.

울지도 웃지도 못하는 그런 이상한 얼굴이 되었다.

순간 여기저기서 웃음이 터졌다.

어찌 된 상황인지를 알게 된 것이다.

그중 몇몇 가주는 눈을 빛냈다.

아까 독고련이 아무렇지 않게 손녀사위라고 했을 때는 혼약이 성사된 줄 알았었다.

하지만 지금 보니 아직 기회가 있는 듯했다.

물론 생각을 겉으로 드러내는 자는 아무도 없었다.

이야기를 들어 보니 괜히 여기서 그들의 심기를 건드릴 필요는 없었기 때문이다.

혼례에 관한 이야기는 시작도 되지 않은 것이 분명했다.

그런데도 독고련은 계속 손녀사위라는 말을 쓰고 있었다.

사실 혼례라는 게 한쪽 힘으로만 되는 건 아니었다.

양쪽 가문의 의견이 중요한데, 이건 일방적이지 않은가?

거기에 더해 강호인에게 가장 중요한 것이 바로 본인의 의사였다.

그런데 본인에게 알리지 말라니?

그때 독고진이 다시 말을 이었다.

"내 조만간 자네 가문으로 찾아가 사돈께 인사를 드리겠으니 그리 알게. 대신 그 전에는 절대 본인에게는 알리지 말게."

"아무리 그래도 본인에게 알리지 말라뇨?"

"자네도 알지 않나? 어디로 튈지 모르는 그 성격 말일세."

"흠."

팽혁빈은 자신도 모르게 고개를 끄덕였다.

그도 아우가 어디로 튈지 모른다는 말에는 수긍할 수밖에 없었다.

하지만 아무리 생각해도 혼례는 아니었다.

팽혁빈이 의미심장한 눈빛으로 입을 열었다.

"아무래도……."

"왜 그러는가?"

"본인의 의사가 가장 중요하지 않겠습니까?"

"내가 듣기로는 자네가 소가주라 들었네. 그렇다면 하북팽가를 이끌어 나갈 기둥이 아니던가?"

말을 마친 독고진이 턱짓했다.

누가 봐도 대답을 재촉하는 표정이었다.

팽혁빈이 조심스러운 표정으로 물었다.

"그 말씀을 여기서 왜 꺼내십니까?"

"이건 가문 대 가문으로 하는 말일세."

"가문 대 가문이라니, 그게 무슨 말씀입니까?"

팽혁빈의 표정이 경계에서 호기심으로 바뀌었다.

그 표정을 본 독고진이 그럴 줄 알았다는 듯 웃었다.

"나는 자네 가문에서 거부 못 할 제안을 들고 갈 것이네. 그러니 그동안 들어오는 다른 혼처는 막아 두시게. 그것만으로도 심심치 않은 사례를 할 것이네."

독고진이 씩 웃었다.

옆에 있는 독고련도 흐뭇한 눈빛으로 고개를 끄덕였다.

그들의 표정에 팽혁빈은 자신도 모르게 고개를 끄덕였다.

가문 대 가문이라는 말이 그의 마음을 움직인 것이다.

이 순간만큼은 가문의 다음 세대를 책임질 가주의 눈으로 독고진을 바라볼 수밖에 없었다.

독고진이 누구인가?

강남 사도련의 주인이었다.

중원을 반으로 나누라면 어차피 정파 아니면 사파였다.

그리고 지역을 반으로 나누면 강북 아니면 강남 아니던가?

단순하게 계산할 수는 없지만, 강호 세력의 사 분의 일이 그의 것이라는 말이었다.

재미있는 것은 그러지 않아도 혼처는 이미 막아 놓은 상태였다는 점.

팽혁빈은 재빨리 표정을 수습했다.

"자세한 이야기는 차후에 나누도록 하시죠."

독고진의 말대로 하겠다는 뜻.

일단 혼처를 막고 나중에 혼사를 논의하자는 말이다.

"나도 바라는 바네."

독고진이 의미심장한 눈빛으로 고개를 끄덕였다.

그 눈빛에 다른 가문의 대표들도 반응했다.

산동악가나 황보세가 그리고 제갈세가 모두 한빈을 마음에 두고 있었으니 말이다.

그때 황보만청이 끼어들었다.

"나도 마찬가지네."

갑작스러운 그의 말에 팽혁빈이 고개를 갸웃했다.

"황보 대협, 지금 무슨 말씀을 하시는 겁니까?"

"독고 대협의 말에 동의한다는 뜻일세. 그리고 나도 그리하겠네."

"네?"

"자네 아우의 혼담에 대해서는 나중에 얘기하자는 말일세. 그리고 나도 선물 하나를 가져가겠네. 어떤가?"

"그, 그러시지요."

팽혁빈이 고개를 끄덕였다.

이건 갑작스러운 얘기였다.

어차피 혼담 이야기는 당분간 논하지 않기로 했는데 똑같은 말을 왜 황보만청이 한다는 말인가?

그때였다.

다른 가주도 하나둘 팽혁빈에게 다가왔다.

물론 그들의 요청은 똑같았다.

팽혁빈은 도무지 이 상황을 어떻게 해석해야 할지 몰랐다.

모두가 같은 말을 한 후 돌아갔다.

그리고 아무 일도 없었다는 듯 다시 술병을 잡았다.

그때 제갈공민이 조용히 오더니 속삭였다.

"저희 가문도 마찬가지입니다."

"대, 대체 왜 그러십니까? 무슨 뜻인지 알려 주시겠습니까?"

제갈공민은 그나마 정의맹에서 자주 봤던 자였다.

그렇기에 편히 물어볼 수 있었다.

제갈공민이 활짝 웃으며 작은 목소리로 답했다.

"정파와 사파의 기 싸움이지요. 그리고 가문 간의 기 싸움이기도 하고요. 이 대결은 팽한빈 소협의 혼례가 결정되는 그날까지 이어질 싸움입니다."

"싸움이라고요?"

"이 정도의 싸움은 저도 찬성하는 바입니다. 이런 싸움 덕분에 앞으로 일어날 자질구레한 분쟁이 다 덮일 테니 말입니다."

정의맹의 군사다운 해석이었다.

팽혁빈이 이해한 듯 고개를 끄덕이자, 제갈공민이 웃었다.

그 웃음에 팽혁빈이 조심스러운 표정을 물었다.

"그런데 군사님은 괜찮으십니까?"

"몸이라면 문제없습니다."

"그걸 말씀드리는 것이 아니라, 정의맹의 수석 군사이지 않습니까? 그런데 이렇게 다른 조직을 만드시다가 징계라도 당할까 봐 걱정입니다."

"정의맹의 징계는 저와 아무런 관련이 없습니다."

"……."

팽혁빈은 고개만 갸웃한 채 말없이 제갈공민을 바라봤다.

벌써 십 년째 정의맹에서 군사 직책을 수행하는 제갈공민이었다.

그런데 징계가 상관없다니?

그때 제갈공민이 말을 이었다.

"새로 집을 지었는데 굳이 옛 이름을 쓸 필요가 있겠습니까?"

"집이라니, 그게 무슨 말씀입니까? 군사님."

"천의맹이 새로 지은 집 아니겠습니까?"

"지금 맹이라고 하셨나요? 그냥 단순한 조직이 아니라 맹을 만든다는 말이었습니까?"

팽혁빈은 눈을 크게 떴다.

이제까지는 조그만 무력 단체 하나를 만들자는 것을 논의했었다.

그 조직의 이름이 천의(天意)이고 말이다.

하지만 맹을 만드는 것은 하나의 가문 혹은 문파를 만드는 것과 비슷한 일이었다.

아니, 그보다도 더 큰 일이다.

지점인 줄 알았더니 본점 하나를 더 차리자는 이야기와 똑같았다.

어찌 보면 규모 자체가 다른 일.

즉 제갈공민의 말은 강호의 판을 다시 짜자는 뜻이었다.

그때 독고진도 고개를 끄덕였다.

"그거 좋군. 나는 찬성이네."

"흠, 나도 동의하는 바이네."

태극검제까지 나섰다.

모두가 고개를 끄덕이는 가운데, 제갈공민이 말을 이었다.

"정의맹이나 사도련 등 기존 단체와 같은 눈높이에 있어야 일을 쉽게 추진할 수 있는 법이지요. 뭐, 구파일방 중 소림과 무당이 찬성했고 개방도 찬성할 게 뻔하지 않습니까? 거기에 여기 천하 십대세가의 대표가 모두 모였으니 새판을 짜기에는 더없이 좋지요. 이렇게 우리가 뭉칠 수 있었던 것은 모두 팽한빈 소협 덕분입니다."

순간 여기저기서 웃음소리가 울려 퍼졌다.

오랜만에 느껴지는 여유였다.

모두의 웃음소리 속에 무당산의 밤은 깊어 갔다.

같은 시각, 백경의 갑판.

한빈은 귀를 후비며 고개를 갸웃했다.

"누가 내 얘기를 하나? 왠지 무당산에 남아 있는 사람들이 내 얘기를 신나게 떠들고 있는 것 같은데……."

"그야 당연하죠. 그렇지만 악담은 아닐 테니까 걱정하지 마세요, 공자님."

설화가 피식 웃었다.

말을 마친 설화는 당과를 한 입 베어 물었다.

그때였다.

한빈이 미간을 좁혔다.

갑작스러운 상황에 설화가 다급히 물었다.

"왜 그러세요? 공자님."

"잘 들어 봐."

한빈이 검지로 강가를 가리켰다.

달빛 아래 얼핏 숲이 보였다.

가까이 보이는 것은 출렁이는 강물밖에는 없었다.

설화가 주위를 유심히 살피다가 말했다.

"물소리밖에 안 들리는데요?"

"조금만 더 자세히 들어 봐."

"흠."

설화가 귀를 쫑긋 세우고 있을 때였다.

뒤에서 초아가 말했다.

"강물 소리에 쇳소리가 섞여서 들려오네요."

"쇳소리라고요?"

설화가 묻자 초아가 강가를 가리켰다.

"좀 묘한 게, 창날 소리가 제법 크고 나머지는 여러 병장기
가 어우러진 것이……."

"그럼 전쟁이라도 났다는 건가요?"

"그야 나도 모르지. 뭐, 강호에서 저 정도의 분쟁이야 밥
먹듯 일어나는 일이니까."

초아가 아무 일도 아니라는 듯 웃었다.

그때 한빈이 말했다.

"배를 저곳으로 붙여라. 가능하면 조용히!"

"네, 알겠습니다. 선주."

"그냥 공자님이라고 불러."

"알겠습니다, 공자님."

초아가 재빨리 배의 앞쪽으로 달려갔다.

순간 배의 방향이 서서히 바뀌었다.

배가 강가에 멈추자 백경의 무사들은 분주히 움직이기 시작했다.

그 움직임은 민첩했다.

한빈 일행이 배에서 내리자 백경의 무사들은 거대한 천을 돛대에 걸쳤다.

순간 하얀 배가 시야에서 사라졌다.

그들은 백경의 배에 위장막을 덮은 것이다.

위장막을 덮어 놓으니 거대한 바위처럼 보인다.

사실 하얀색 배는 눈에 띄지 않을 수 없었다.

그렇다고 배를 비워 놓고 갈 수는 없는 법.

그러니 위장막을 덮고 배에서 내린 것이다.

그런데 그 위장막이 제법 그럴듯해 보였다.

지나가는 배라면 백경의 하얀 배를 발견하지 못할 듯 보였다.

이곳은 나루터도 없는 장소.

이 정도라면 백경의 배를 발견할 사람은 없을 터.

거기에 더해 배 앞쪽에는 진법과 함정까지 설치하는 치밀함까지 보였다.

한빈은 개방이나 하오문에서 왜 여태껏 백경의 배를 발견하지 못했는지를 지금에서야 알았다.

나루터에 정박하지 않고 한적한 곳에 멈춘 다음 지금처럼 위장하게 되면 발견할 방법이 없었다.

한빈 일행은 기척을 최대한 줄였다.

제법 많은 인원이지만, 그들은 하나하나가 모두 고수였다.

백경의 무사들을 비롯한 적혈맹호대의 대원들 모두, 자신의 기척을 숨기기에 충분한 무공을 지니고 있었다.

그때 한빈이 손을 들었다.

멈추라는 신호였다.

한빈은 설화를 바라보며 손짓했다.

설화는 한빈의 손짓을 말처럼 알아들었다.

모두 여기서 대기하라는 신호였다.

설화는 나머지 인원에게 한빈의 뜻을 전했다.

한빈과 소통하는 설화의 모습을 본 초아가 묘하게 눈을 빛냈다.

그 눈빛은 마치 고수의 일 초식을 본 듯한 부러움을 담고 있었다.

그들은 기척을 죽인 채 병장기 소리가 나는 곳을 바라봤다.

한빈도 기척을 죽이고 그곳으로 다가갔다.

병장기 부딪치는 소리가 점점 크게 들렸다.

챙. 챙.

하지만 상대를 확인할 수는 없었다.

지금은 구름이 달을 덮었다.

조금 더 접근하자 상대의 그림자가 얼핏 비쳤다.

한빈은 조용히 앞쪽을 주시했다.

두 무리의 무력 집단이 대치하고 있었다.

그들은 횃불을 끈 채 어두운 숲속에서 서로의 목에 병장기를 겨누고 있었다.

구름 덕분에 그들이 누구인지는 전혀 보이지 않았다.

혈향만이 진하게 풍겨 올 뿐이었다.

한빈이 이곳에 오게 된 것은 순전히 감이었다.

그냥 지나치면 후회할 수도 있다는 느낌이 한빈을 이곳으로 이끌었다.

한빈은 재빨리 은신술을 펼친 채 천천히 그들에게 다가갔다.

가까이 가자 그들의 외모가 얼핏 보였다.

가장 먼저 눈에 들어온 것은 황금빛 허리띠였다.

그것은 분명히 금의위의 복장이었다.

금의위가 대체 왜 여기에?

한빈이 미간을 좁힐 때, 구름이 걷히고 달빛이 숲을 비추었다.

동시에 금의위 복장의 사내가 얼굴을 드러냈다.

한빈은 자신도 모르게 헛숨을 들이켰다.

그는 다름 아닌 금의위의 수장 강유찬이었다.

그런데 몰골이 말이 아니었다.

당장 쓰러져도 이상하지 않을 상태였다.

그가 휘청였다.

휘청.

한빈이 강유찬을 잡았다.

그러고는 낮은 목소리로 속삭였다.

"강 대인!"

다음 권으로 이어집니다

빌런 경찰 이진우

이해날 현대 판타지 장편소설

『어게인 마이 라이프』작가 이해날의
뒷목 잡는 특제 막장 복수극이 펼쳐진다!
『빌런 경찰 이진우』

인수합병을 통해 굴지의 대기업 진백을 세운 백동하
임종의 순간, 믿었던 가족과 친구에게 배신당하고
과거와 미래를 보는 능력을 가진 경찰 이진우로 깨어나다!

배신자들에게 지옥을 보여 주기로 결심한 진우는
특별한 능력과 기업사냥꾼으로서의 지식을 활용해
경찰로서 진백을 공략하기 시작하는데……!

전직 회장이 보여 주는 기업사냥의 진수!
상상을 뛰어넘는 대기업 흔들기가 시작된다!

귀신같은 창귀槍鬼가 돌아왔다,
때 묻지 않은 어린 시절의 몸으로!

송장벌레 신무협 장편소설

피로 몸을 씻던 전장의 말단 독종
구르고 굴러 지고의 경지까지 올랐으나……

혈교의 혈겁을 막기 위한 회귀인가
의형제의 복수를 위한 회귀인가
알 수 없다
전생에서 그를 막던 모든 것을 치울 뿐

"내 의형의 가슴팍을 칼로 도려내기도 했고?"
"무, 무슨 소리야…… 그런 적 없어!"
"그런 적 있어. 기억은 안 나겠지만."

매 걸음마다 피도 눈물도 없는 전투
세상 모든 것이 그를 꺾으려 든다!

꿈의 도약, 로크에서 하십시오
(주)로크미디어에서 신인 작가를 모십니다

즐거운 세상, 로크미디어는 꿈을 사랑하고 도전을 두려워하지 않는 작가 분들의 참신한 작품을 기다리고 있습니다. 21세기 장르 문학계를 이끌어 갈 차세대 선두 주자 (주)로크미디어에서 여러분의 나래를 활짝 펴 보시길 바랍니다.

모집 분야 판타지와 무협을 포함한 장르 문학
모집 대상 아마추어 작가, 인터넷 작가
모집 기한 수시 모집
   작품 접수 시 유의 사항
   1. 파일명은 작가명_작품명.hwp형식을 갖춰 주십시오.
   1. 파일에 들어갈 내용은 다음과 같습니다.
      – 성명(필명인 경우 실명을 밝혀 주세요), 연락처, 이메일 주소
      – 제목, 기획 의도
      – A4용지 1장 분량의 등장인물 소개
      – A4용지 2장 분량의 전체 줄거리
      – 본문
   1. 작품이 인터넷에 연재되고 있다면, 게시판명과 사이트의 구체적이고 정확한 주소를 기재해 주십시오.

선택된 작품은 정식 계약 후 출판물로 간행되어 전국 서점에 유통됩니다.
작가 분은 (주)로크미디어의 전폭적인 지원하에 전속 작가로 활동하시게 됩니다.
※ 자세한 내용은 로크미디어 홈페이지(rokmedia.com)를 참조하세요.

(03920)서울시 마포구 마포대로 45 일진빌딩 6층
(주)로크미디어 편집부 신간 기획 담당자 앞
전화 : 02) 3273 – 5135
www.rokmedia.com   이메일 : rokmedia@empas.com